九妹村

旻雁 —— 著

黑龙江人民出版社

图书在版编目（CIP）数据

九妹村 / 旻雁著.—哈尔滨：黑龙江人民出版社，
2020.12
ISBN 978-7-207-12295-7

Ⅰ.①九…　Ⅱ.①旻…　Ⅲ.①长篇小说—中国—当代
Ⅳ.①I247.5

中国版本图书馆CIP数据核字（2021）第002966号

责任编辑：李　珊
责任校对：张建国
封面设计：佟玉玉
封面题字：刘克文
封面绘画：王　威
环扉绘画：王　威

九妹村
JIUMEI CUN

旻　雁　著

出版发行	黑龙江人民出版社
地　　址	哈尔滨市南岗区宣庆小区 1 号楼
网　　址	www.hljrmcbs.com
印　　刷	汤原县民生印刷有限责任公司
开　　本	880×1230　1/32
印　　张	6.375
字　　数	120 千字
版　　次	2020 年 12 月第 1 版
印　　次	2020 年 12 月第 1 次印刷
书　　号	ISBN 978-7-207-12295-7
定　　价	28.00 元

目录 contents

JIUMEICUN

第一部分

JIUMEICUN

一九四九年八月，广袤无垠的大地上滚动着一股新生的无比喜悦的丰收浪潮。最先尝到土改甜头的黑龙江省东北部山区与丘陵接壤的穷棒子村一派丰收景象。

　　穷棒子村地理环境独特，地形地貌呈一口硕大的铁锅状，周围边径约有五十里，上下落差二百米左右，西南、西北边有两处出入口，每一处直径一百多米，中间夹着二百米高、三百米宽、三百米长的顺坡石头鼻梁岗子，属窝风之地。风从入口处吹进，转了一圈后大摇大摆地从另一处出口出去。旧社会人与自然抗争能力弱，每年七八月都会有一股巨大的旋风从入口处扑进来，肆无忌惮地转了一圈后，从出口处得意扬扬而去。那股巨大的旋风把庄稼全扑倒，十年九不收，因此人们称之为穷棒子村，男人四十娶不上老婆，一家人出外办事，只能换穿一条体面的裤子，办完事回来立马换掉，再小心翼翼地挂起来。平时干活儿全穿打补丁的裤子。穆奶奶、黄奶奶、李奶奶索性补丁摞补丁，各用大小不一的补丁做了件长外褂，那衣服特沉，人们给它起名为"千层大褂"。

　　今年，穷棒子村和周边邻村——元宝村（就是当年著名作家周立波笔下的《暴风骤雨》土改试点村）、沟洼村、大杨树村、小杨树村、柳树村的庄稼长得都好，分得土地的农民从心里感谢共产党和毛主席，开心耕种，地里苗齐、秧壮，加上精心护理，肯定是个丰收年。穷棒子村村民心有余悸，祈祷"黄风老怪"千万别回家"探亲"。

今天，村长秦猛带着几个小青年沿坡巡逻查看每块地的庄稼长势，淡绿色和深绿色交织的庄稼一眼望不到边，微风吹拂哗啦啦地响，像环佩叮当的女郎在歌唱——南坡的谷子笑得弯弯头，西山的玉米鼓鼓地亮着大棒，北山的土豆秧已变黄绿色，东边山岗上的高粱红着脸，一派喜气丰收景象。突然西边一股狂风卷着泥沙呼啸而来，从村子西南入口直扑过来。

飞沙走石黄老怪，
铺天盖地俯式冲。
卷动旋风恶狠狠，
二目喷火任意行。
十丈风柱连天卷，
大人孩子心胆惊。

所到之处庄稼倒，
狂袭过后满目倾。

黄怪洞前转数圈，

旋转转漩涡旋风。

临别沿坡扬长去，

身后传来哭骂声。

　　正在西北出口巡山的秦猛怒火冲天，捡起一块碗口大的石头恶狠狠地砸向那风柱，旋风从他身边而过，他被风掀倒在地，身子顺着斜坡出口处滚了下去。幸亏刚才大风吹落一个大石块挡住了他，他"哎呀"一声大叫昏了过去。等大家把他叫醒时，他的腰已失去知觉，一动不能动了……大家就近从一户人家借了块门板把他抬到家中。经外村接骨医生夏大夫检查确诊，骨盆粉碎，需要静养一年，能否留下后遗症不好说，夏大夫留下七服药贴后走了。

　　三天后，秦猛疼痛减轻，他让二愣子去把村里几位长者请来，他们是土改老共产党员金大爷、刘大舅、商二叔、王五叔。人都到齐了，秦猛对大伙儿说："今天开个村党支部大会，我这一趴下，村里有许多事办不了，这哪儿行！这么大个村子吃、喝、拉、撒、睡得有人管，我提议换选一位有能力的人当村长，你们大伙儿看看选谁好？"大伙儿你看看我，我看看他，提不出最佳人选。就在这时，秦猛媳妇杨九妹提着开水壶走进屋来给大家倒水，大家眼睛一亮，把目光投向杨九妹。金大爷等杨九妹倒完水，放下水壶走出去关上门后说："我看侄媳妇是最佳人选，为什么这么说呢？她嫁到咱们村之前，人家是元宝村的村长，她领导那里的党支部把工作做得有声有色，元宝村是咱全县的模范村。"刘大舅抽了一口烟说："金大哥说得对，咱们村除了侄媳妇杨九妹，没有第二个最佳人选。"大伙儿你一句我一句地说杨九妹人品好、有领导能力、有思想、有正义感，又是县里优秀党员、土改先进工作者……秦猛寻思着，是啊，自己当村长，有些事常请教媳妇，媳妇心里有韬略，每每说出个一二三来，而每次验证都是对的，他心里也同意媳妇杨九妹接替他的村长工作，于是说："我没意见，大伙举手表决。"在场六位党员一致通过。秦猛说："为了稳重起见，明天刘大舅和金大爷主持召开全村大会，讨论新村长人选。"

第二天上午，在村里开阔广场召集全体村民大会。刘大舅把秦猛伤重，党支部提议改选一位有能力、人品好、作风好而且善良、忠诚党的事业的共产党员来当村长，将金大爷、刘大舅、商二叔、王五叔、杨九妹名字列举给大家。刘大舅在介绍杨九妹事迹时补充道："我多说几句，然后接下来大家发表自己的意见。土改已两三年了，咱们贫下中农分得土地，自己头一回当家做了主人，有了土地证。一九四五年'八一五'光复，小日本鬼子投降后东北民主联军最先解放东北，一九四六年咱黑龙江最先进行土地改革，咱邻村元宝村赵光腚苦大仇深，最先投身土地改革。人家赵光腚没私心，元宝村最先试点土地改革，农民分得土地，搞得好哇，成为咱县里样板。赵光腚当了第一任元宝村村长，他把第二任村长大印交给秦猛媳妇杨九妹。杨九妹干得好哇，有知识、有谋略，人又好，为咱老百姓办实事。元宝村在她的带领下各项事儿都走在全县前头，是全县模范村。她在一次交流大会上看上了咱村村长秦猛，冲破家里的封建思想禁锢，追求自由恋爱，学习小二黑和小芹自由恋爱，自己和爹闹翻了，一个人夹着包裹嫁给秦猛。秦猛小子有福，前辈子积了大德，娶了杨九妹这么好的媳妇，人家杨九妹能在全县当模范村村长，就能当好咱这穷棒子村村长！秦猛骨伤很重，一时半会儿下不了地，这人无头不走，鸟无头不飞，这么大个村子几十户人家得选个当家人。杨九妹是全县优秀共产党员，我投票选杨九妹当村长。"金大爷、商二叔、王五叔又分别列举了杨九妹的优点。左邻右舍最了解杨九妹的为人，也说了好多事例。接着，金大爷、刘大舅等人交换了一下意见，让大家举手表决，全村上下一致通过。盛情难却，使命在肩，杨九妹接替丈夫秦猛披挂上阵，当选为穷棒子村第一个女村长。

第二天一大早，杨九妹邀请金大爷、刘大舅、商二叔、王五叔、四胖子、大扁脸、二愣子一行八人沿村子四周山坡、山丘、山谷走了一圈，在下午四点多钟回到村子入口处。杨九妹用手指着十几里外远山说："你们看，那座山两侧两道峡谷，两条峡谷里的风从谷底往外钻，行到山尽头有一块儿两里大小的平地，形成对流山风，越刮越大，形成拧劲旋风顺势向咱们村猛扑下来，咱们村入口低于山丘，那风必然从咱们村入口低处扑来，咱这村四周落差高低两百米，那旋风冲不出去，四周又有屏障，它只有一个劲儿地顺山坡前行，走到尽头窝风之地——黄风老怪洞前一定要旋转挣脱出去，再顺北坡一路旋转到出口出去，要想阻住这股随时扑来的'黄风老怪'，必须在村子四周山岗上栽上一百米宽、五十里长一圈杨树防风林，挡住四面八方来风。咱今年一上冻就在咱村出入口处前百八十米远栽上大青杨树苗，要宽一百米、长一千米一道防风屏障，头一两年还会有风扑来，第三年什么老怪也扑不进来，村里没恶风入侵刮倒庄稼，可保证庄稼九成以上收成，除非天灾人祸。"

大伙儿听完杨九妹村长一席话，顿时茅塞顿开，认为分析得有条有理，这么多年怎么就没想到这儿……杨九妹村长厉害！他们不知道杨九妹曾带秦猛三次认真实地考察，还进了"黄风老怪"洞亲自探险。什么神洞，全是鬼话，那洞是个三角形地裂子，入口有两米来粗，三角形大屁股在底下，上边是三角形上角，里边洞深五十来米，中间一块大扁石上摆着香炉，香炉底座绑着一条红布，香炉前有人来上过供，馒头表皮硬了一层，已开裂成段段裂口。西北边靠墙放着一幅人工画的神像，画工技艺低劣，人不人鬼不鬼的。越往里走越窄，到尽头已钻不进人，老鼠粪便到处可见。洞旁左侧不足百米有一条小山泉，水量不大，缓慢流淌。别看这山泉水流细，夏天山洪暴发时，汇成洪流顺几十米高的断崖倾泻往下奔去，人们为了防止洪水泛滥，在高处修了道防水坝。说来也神奇，大自然鬼斧神工，水流成小河后，从东北流向西南方，钻进一处两米多宽的山洞，便不知去向何方。

定下第二天召开党员大会，杨九妹让大家散了，自己站在村子路口高处往西极目远眺。此刻，太阳已在天边缓缓降落，晚霞瑰丽铺满天边，彩霞形状各异，远的像千匹彩缎，稍远的像万匹骏马，近的像一团火焰。杨九妹自嫁到秦家还第一次发现这么美丽的霞光。几只大鸟向彩霞深处飞去，她想到古人诗句："落霞与孤鹜齐飞，秋水共长天一色！"转回身注视着穷棒子村，炊烟缕缕升起，紫雾已浮现在村子上空。她发现穷棒子村很美，她下决心把党员发动起来，带领全村村民经过几年大干、实干加巧干，改变这个穷山村……

第二天，杨九妹让二愣子敲钟集合村民。村民到齐，杨九妹发表村长任职感言：

十分感谢广大村民选我当咱们村村长，我决心用更大的努力干好这份工作，团结全村党员们带领全村村民大干社会主义，把咱村建设得更加美好。下面我提出六条咱们村子发展规划：

第一条：在咱村进出口前一百米修一道一百米宽、一千米长杨树防风林，作为防风屏障（她详细地分析西边山区地形地貌及特点、狂旋风的来源，分析得有头有道。人们第一次了解这股害人多年的'黄风老怪'的由来，但仍有一部分人半信半疑）。

第二条：咱村全是土路，下雨坏天，道路泥泞，大车常陷进去拔不出来，铺上沙石路，就近取材，山上有的是碎石子，在那条小河上修一座木板桥。

第三条：平整土地，我查了查二十八道山水下泄侵蚀沟，为保护黑土地少流失，修整侵蚀沟。

第四条：合理调整互助组车马搭配，强弱劳力搭配。保证都能春种秋收，不误农时。

第五条：帮助村里特困户和没有壮劳力的困难户，一对一地帮助结对子，帮助维修大坯房、抹泥墙、掏炕。

第六条：坚决破除封建迷信，根本没有什么"黄风老怪"之说，春天山风也入侵咱村，因为当时没种庄稼，大家没注意罢了。

坚决反对并制止以不健康方式宣传封建迷信，像跳大神啦。禁止到黄风老怪洞搞封建迷信。

大家听完杨九妹讲话，都拍手赞成。也有几个人在下边嘀嘀咕咕的，散会后以田富为首的几个人一边走，一边说着什么。

杨九妹上任第九天，一场暴风雨袭击穷棒子村。本来被"黄风老怪"扑倒的庄稼有一大半已自己站立起来，在这场暴风雨过后，再次倒伏。穷棒子村多年前盖的大坯房本来就东倒西歪，这场大暴雨夹杂强风，使四五户房子摇摇欲坠，群众的生命财产受到严重威胁，必须全力保护人民财产不受大的损失。杨九妹和刘大舅、金大爷、商二叔、王五叔以及一些向党支部提交入党申请书的青年人陆陆续续冒雨赶到村党支部。穷棒子村党员干部自土改以来形成的坚不可摧的战斗力和凝聚力让杨九妹兴奋，她感谢大家的自觉行动，马上做出安排，迅速分成四个小组。

　　第一组：刘大舅、金大爷、商二叔、王五叔几位年长者在村部与几组联系，随时解决突发事件；

　　第二组：由民兵组长带领两个人速去李奶奶家，房子危险，需要把李奶奶强背到村部安置下来；

　　第三组：由党小组长文立国领两个人去刘四爷家，他的房子已十分破旧，门窗扛不住风雨折腾，一旦发生险情，把刘四爷背到村部安置；

　　第四组：由妇女主任亚芳领三个人去隋爷爷家，他和刘四爷一样一辈子没娶起媳妇，如今已年过六旬，孤零零一个人在家，房子已破旧。本来想秋后安排人帮助这几户修补房子，掏掏炕，这是秦猛的工作计划。这次突然来的暴风雨打乱了计划，必须去他们家看护旧房，如果情况危急，就把两位老人背到村部。

她看了看四组人马，一挥手出发。

杨九妹又安排小叔子秦刚和马文，说："你二人受累多些，风雨中与四个组联系，随时和村部刘大舅联系，随时发现问题，特事特办。这么大暴风雨，那座防水大坝能不能经受得住冲刷，我带其他人去大坝，如果大坝毁了，坝下游低处十八户人家会被大水冲垮。形势紧急，我已先吩咐那三组组长，抢救完那几户危房后往大坝赶，你俩也是，去吧！其他人跟我去大坝。"

就在这时，王文从风雨中跑进屋来，要求随杨九妹去大坝，杨九妹点头同意，带领一行人冲进暴风雨中。

先说第二组二胖子、二柱子、三大眼睛顶着风雨赶到李奶奶家，没等进屋，房东头那个烟囱"咕咚"一声倒了。三个人冲进屋中，二柱子背起李奶奶往外跑，二胖子两人拿起李奶奶枕头旁小包和衣服随着跑出门外。暴雨夹着狂风，李奶奶不走，此时房子咯吱怪叫几声，就"咚的"一声巨响倒塌了。风雨中，李奶奶在二柱子背上大喊："我的房子呀！"泣不成声，她被三个人硬背到村部。刘大舅妈、金大娘已把火炕烧热，把李奶奶安放在炕头，端碗热水给李奶奶喝。二胖子等三个人一交换眼神，手中拿起工具，冲进风雨中，直奔大坝而去。

第三组党小组长文立国领两个人来到刘四爷家，发现外屋大门已让风刮坏，斜歪在那儿，窗户上糊的窗户纸全被风雨撕掉，对流风冲撞着这座破草房。房子已有三十来年，大坯墙倾斜，不堪承受旧屋顶和暴风雨重压，已发出吱咯吱咔怪叫声。三个人冲进屋中，刘四爷正在昏睡中，身上盖着多年没拆洗的发光油亮的大棉被。几个人忙将刘四爷叫醒，穿上外衣背起刘四爷往外走，刘四爷大声喊："我的拐棍！"刘佳忙举起拐棍说："在这儿呢。"刘四爷一行走后半个小时，房子塌了。

第四组妇女主任率三人跑到隋爷爷家，他的两个侄小子已先到，正在守护老人。看到随爷爷已有人照护，四个人便冲进风雨中向大坝奔去。

此时，八九个人跟着杨九妹顶着狂风暴雨跑到大坝前，发现两处蚁洞已往外冒水，土大坝已湿软，如果大坝决堤，下坡低处十八户人家会被决堤洪水淹没。杨九妹来不及多想，马上安排工作，她率四个人堵大蚁穴，那大蚁穴已咕叽咕叽往外冒水，必须先堵住大坝内大蚁穴。剩下的人找到已储备的草袋子，用铁锹装沙土。杨九妹感谢丈夫秦猛预先留下的草袋、沙土、石块。王文会游泳，能钻进水中三分钟，他自告奋勇下水探险情。杨九妹批准，用金大爷给她带来的一捆手指粗大绳系在王文腰上。王文下去两分钟浮上来喊："这里有一个一米粗大洞，快扔沙袋子堵住大洞。"杨九妹组织人装沙袋，因为怕王文一人在水下力单，她也把大绳系在腰间准备下水。这时，人们陆续赶到大坝会合，杨九妹安排几个人沿坝检查漏洞险情。杨九妹让人拉住两根大绳，快装运沙袋，自己跳下水去和王文一起用沙袋堵漏洞，一连气扔下三十多个沙袋才堵住漏洞，又用大石块垒上一段外坡墙，才放心地被人拉上来。另一处蚁洞有一尺见方，被另外几个人用十多个沙袋堵住。杨九妹上来后，又亲自带人沿堤坝巡查三遍，确认没有蚁洞，这才放下心来。

此刻暴风雨已停，天空那片黑云已转向远方，东面山后露出鱼肚白，天空那颗启明星闪着光辉向高远处隐去，继而东方出现一抹艳红，浓云的罅隙跳跃着几片霞光，鲜红的朝阳跳过云层，把万道金光照耀在大家身上，那么温柔、光亮。经过一夜暴风雨的洗礼，大地一片清新，裸露在金色的阳光下熠熠生辉。阳光下这群勇士扛着工具在杨九妹的率领下披着灿烂的霞光行走在山村大路上。她用目光巡视了一下走在她身边的人们，经过一夜的抗灾，他们毫无倦怠之意，满脸泛着红光，这是穷棒子村最可爱的村民，他们纯朴、善良、勇敢、勤劳、可爱。

此时，一个改造危房、组织人力弥补暴风雨造成的损失、带领村民战胜自然灾害从而抢丰收的计划，正在杨九妹的脑海中形成。

第三天，杨九妹收到爹娘托人捎来的口信：弟弟杨五春十天后结婚，让杨九妹务必提前回家帮家里忙活忙活。杨九妹自从和父亲闹翻，跟着秦猛结婚，一晃已经四年没回娘家了。想起她离家夹着小包嫁给秦猛的做法也不对，爹妈养自己二十多年，没有功劳也有苦劳，因为婚姻一件事翻脸，与父亲决裂，确有不妥，她为此事常常自责。

杨九妹的娘回到家中见老伴在喝闷酒，没菜下酒，八仙桌上摆着两碟咸菜。她张了张嘴又咽下想说的话，心想"老偏头子，三天后就好了"，她闭口不提杨九妹与秦猛的事。第三天晚上，杨彭峰主动和老伴搭话，他长叹一声："姑娘大了不能留啊，留来留去留出仇，咱家九妹就是个活例子。这一生气、一跺脚走了，已四年没个口信。细想起来我也不对。但是，连秦猛影子我都没见过，人长得啥样不知道。妈了个巴子的，这、这、这……"九妹妈说："你也有后悔这一天，小二黑和小芹结婚那出戏你看了两遍，其实你就是那位二诸葛。"杨彭峰白了老伴一眼说："你胡扯到哪啦！"九妹妈说："咱家九妹和秦猛两人自由恋爱，郎才女貌，绝顶佳配，你有啥不满意？"杨彭峰听出老伴话里有话，眼睛一瞪说："你看着秦猛了，他人怎么样？"九妹妈故意装袋烟，点着火，吧嗒吧嗒抽了两口，对着地上"呸"地吐口痰说："看到了，秦猛一米八九的大个，豹头环眼，虎背熊腰，一表人才，可比你姐姐介绍那后生强百套。秦猛懂礼貌。九妹走的那天我追她，二里外秦猛正赶着马车来咱村办事，我一眼就相中。那孩子会来事，为人机灵，他和九妹给我叩头叫妈，秦猛赶车把我送到村口，拉着九妹回家了。"

杨彭峰放下心，他生性嘴硬，不会服软，四年没去九妹家一次，但他打发老伴带着东西去看过两次九妹，亲家公、亲家母老热情了。这回儿子结婚他放下架子，主动让人捎信给九妹，务必回来参加弟弟的婚礼。杨彭峰为人愿意攀比势利，此前九妹在家当村长，全村人见他都热情打招呼。九妹一走，他被人冷落，又听说九妹选上穷棒子村村长，他又感觉脸上发光、腰杆倍儿直，扬着头走路了。

杨九妹告别公公婆婆，坐着小叔子秦刚赶的马车上路，儿子小虎往娘怀里一钻，仰脸看着妈和二叔说话。一路上叔嫂唠唠停停，杨九妹知道秦刚在想柳如荫，想起来他与村中柳如荫的恋情。她的这个小叔子秦刚为人宽厚、寡言少语、勤劳朴实，让人放心。他和村里柳如荫姑娘情投意合。柳如荫的父亲柳春林有一手好庄稼活儿，生有四个女儿、一个儿子。柳春林的儿子是老小，大姐和二姐出嫁外村，三姐柳如荫、四姐柳如玉还没出嫁，三姐柳如荫人品端庄、长得清秀，一米六四身高，苗条身材，虽下地干活，但杨柳细腰，人虽长得不算特白，但也算白净女人。柳如荫丹凤眼上一对柳叶眉，高鼻梁，樱桃口，瓜子脸，不擦胭脂自带红，两条过膝大粗辫子随杨柳细腰微微摆动，婀娜妩媚，让多少小伙子羡慕。她性情温柔，莺声燕语，宛如小溪里潺潺流水，就是生气时也带五分媚气。她干起庄稼活儿，心灵手巧，让人羡慕。

她深深地爱上了秦刚，秦刚是小伙子之中的佼佼者，一米七八高挑个儿，剑眉、方脸，为人正派善良，干起活儿来在几十号青年人里可称第一。他被柳如荫那春风细雨般的柔情深深打动，又是天公作美，两家结对子互助。春种秋收，秦刚总是和哥嫂商量，让他先去柳家帮忙。一晃两年，在劳动中秦刚和柳如荫彼此产生好感，慢慢发展到彼此爱慕、心心相印，柳父看在眼里，佯装不知，虽然他最需要秦刚春种秋收来他家帮忙，这个壮劳力一人顶仨，但是他始终把女儿限制在他的视野中，从不让两个人单独接触。

两个人当着柳老爹的面，装模作样地是邻里关系。有时，吃完晚饭柳父喝上三两白酒倒下就睡，而对于女儿相中了秦刚这事，柳母心知肚明，悄悄放柳如荫到村东头老榆树下和秦刚约会。

山村的傍晚来得早，干了一天活儿的人们早早进入梦乡。夏夜，静寂无声，柔和的微风轻轻拂面，河边的杨柳轻轻舞动，小河里的流水哗啦啦地响，有几声蛙鸣打破夜阑寂静。秦刚和柳如荫拉着手靠在那棵老榆树下叹着气，为他们那看不到的阻力而长叹。柳如荫抬头看了看月亮说："我该回去了，我爹快醒了，发现我不在时会打我骂我。他不让我俩搞对象，他想把我以两万元嫁到外村，用这钱给我弟弟娶媳妇，我俩命不好，说不上哪天分开再也见不到了。"说完，她含着眼泪告别秦刚。

柳如荫的大姐、二姐都是以一万元嫁妆款嫁了出去，婚后她们夫妻生活不和谐。一打仗，姐夫就打姐姐，姐夫爹妈叫号地让姐夫打姐姐。柳如荫赶上一次二姐被姐夫暴打，她也不知哪来的那股虎劲儿，冲上去把姐夫推出一丈多远，姐夫好悬没摔倒，在柳如荫的怒视下被迫停手。二姐抱着她放声大哭，撕心裂肺。从此，柳如荫觉得"九妹和秦猛哥多好，从不打架，我姐妹成了买卖产品"，其实她大姐、二姐也有理想，更渴望找到如意郎君，可柳春林这位传统老爹就是不开窍。"卖完大姐、卖二姐，我也将会像动物一样被卖掉……"

秦刚回忆着柳如荫对他讲的大姐、二姐的故事，柳如荫曾咬牙切齿地怨恨男女不平等的封建婚姻风俗，每每跟他提到大姐、二姐，她都会哭得一抽一叹地。今天的男女青年永远无法理解父辈们男女不平等婚姻关系，这是因为有小二黑、小芹、杨九妹、秦猛、柳如荫的大姐二姐们奋力抗争，流血流泪换来的！中华民族几千年留下灿烂的文明史，可是像梁山伯与祝英台、苏小小、李香君、杜十娘、茶花女、窦娥等的不幸姻缘，常常被当成故事作为大家茶余饭后的谈资，没有被写进堂堂中华正史，这是何等的不公平！难怪李清照的诗文竟如此委婉伤感，字字句句如泣如诉。古有白居易《琵琶行》予以同情，可只能像其他文人一般呐喊。这呐喊声穿越千年，才迎来中国共产党领导下的中国妇女解放、男女平等。然而在中华人民共和国成立初期，这种残余势力仍然很强，仍在摧残广大妇女的心灵意志。

柳父已察觉两个人关系不一般，他抓紧盯住女儿，连晚饭喝酒都戒了。秋收一完，他远房妹妹便来提亲，男方一眼相中了柳如荫，交了二万元给柳父，两个月后吹吹打打把柳如荫娶了过去，杨九妹去了两次想劝柳老爹，都被婉言拒绝。秦刚在柳如荫被送亲车拉出村子时跑到山坡上眼巴巴地流泪相送。在送亲车上，柳如荫一抽一叹地哭着……

杨九妹怀中的小虎子已经睡着了。秦刚眼神看着前方，那匹白马踏着四蹄敲动寂静的旷野，秋阳高照，几朵彩云在远天飞舞，满目庄稼在秋阳下泛着波光。当马车来到一片香瓜地头，秦刚一声"吁"，白马站住，秦刚走进瓜窝棚里和看瓜人打着招呼："马大叔。"对方认识秦刚，回话："二刚子这是干啥去呀？""拉我嫂子去你们村，家里弟弟小五结婚。"马大叔一听说车上坐着杨九妹，提起土篮子下地摘瓜。

农村有个不成文的规矩，秋天走到一块陌生瓜地也要管上一顿饱。那看瓜人摘了满满一土篮子瓜向马车走来。杨九妹忙叫醒小虎子："虎子快醒醒，你马爷爷给你送瓜来了。"小虎子一听送瓜来了，跳下车直奔瓜地跑去，四处找熟瓜，他哪知道哪个生、哪个熟，伸手去摘一个大瓜。二叔秦刚赶来制止住他："那个没熟，虎子，你前边那个泛白的熟了。"小虎子像得胜利品似的高举着香瓜向妈妈跑来。这时，杨九妹正和老瓜农热情交谈。

杨九妹推托不要那么多瓜。马老四说："我这是晚瓜，早瓜都罢秧了。九妹啊，四五年没见了，吃马叔几个瓜就推啦？这不是给你的，是我给孩子的一片心意，总该收下吧！"杨九妹看着马大叔，秦刚把瓜倒车上，把土篮子给了马老四，又说了一会儿话，马车在马老四热情挥手下上路了。

离村半里地时，杨父、杨母、弟弟迎了上来，同来的还有村长和妇女主任。到了跟前，杨父一把抱住大外孙子连亲三口。杨母两眼上下打量着女儿，看着女儿笑容满面地和村长、妇女主任说话，流下了一串眼泪。弟弟结婚，杨九妹回村，喜上添彩，一些人感谢当年杨九妹在村里当村长时的照顾，几乎全村都来随份子，屋里坐不下那么多人，干脆从小学校借来桌子在院中放大席，杨父安排人蒸了整整一天大馒头，不惜血本供村里随份子人吃白面馒头，又杀了一口二百多斤重的猪，准备了一桌桌丰盛的婚宴，足足二十道菜，那阵式城里人看了都羡慕。

屋前搭着戏台，戏台上坐着两位喇叭匠、二鼓手、锣手、钗手、帮手，那两位喇叭匠是附近十里八村头牌喇叭匠，一把叫王凤堂，不仅吹一口好喇叭，还会卡戏，将小哨含嘴中扮女声，尖哨、大喇叭吹动，两腮鼓鼓，声音洪亮悠远。第一曲是评戏《报花名》：

　　张五可闻听王俊卿说她文不懂，武不惊，没有文化，目不识丁，张五可大怒。让阮妈请来王俊卿在花山后听他们数花名……

　　王凤堂喝下三口酒，吃了两片肘子肉，提起精神和助手双双吹起来，男人声调洪亮，女音卡哨委婉切切，听得人们拍手叫好。一曲《报花名》后坐下吃菜喝酒。接着来个《西厢记》中小红娘做媒，小姐和张公子相会，好一出鸳鸯戏水、夫妻恩爱。吹到高潮，打鼓生开口唱道：奴家身心全给了你呀，你快去高中得状元……

　　晚上，杨父高兴，又请来说书人小唐匠，边唱东北大鼓边说书：黄三泰镖打窦尔敦，飞天玉虎蒋伯芳夜探莲花岛。

　　东北大鼓是东北典型的一种音乐弹唱形式，一人说书，左手拿双夹板，右手拿一鼓槌，面前摆放一面扁平一尺圆小鼓，一边唱一边有节奏敲鼓，旁边一位师傅弹三弦。那年月没啥文艺节目欣赏，村里人都来听他说唱东北大鼓：

　　（开始敲鼓：咚，咚，咚，咚咚咚咚，锣鼓连声，三弦弹奏）

小唐匠唱道：

万里云天彩云飘啊，

千里江河波浪滔滔。

今天不把别的说，

讲讲飞天玉虎蒋伯芳。

胆大艺高英雄男，

夜探神州莲花岛。

（咚，咚，咚……三弦弹奏，清脆，响亮）

莲花岛背面山陡峭，

悬崖绝壁百丈高。

（叭叭叭，叭叭叭……）

五爷抛爪抓住山顶松，

（嗖嗖嗖，嗖嗖嗖……）

双脚一纵站崖顶啊，

这叫艺高人胆大啊。

蒋五爷夜探莲花岛，

蒋五爷是死是活，

咱下回再表分明……

（咚咚咚咚咚咚……）

既然已出嫁在外，杨九妹家中事不便过多参与，尽管听从爹娘安排。

一直唠嗑到半夜，人们才散去。杨家人和帮忙的村里人，七大姑八大姨都走了。杨九妹在爹娘屋里睡，杨老爹搂着外孙子睡，秦刚睡在东厢房。

第二天吃完早饭，按计划安排小叔子秦刚和表妹相亲。通过两天彼此接触，尹秀兰人长得很标致，像四月里的山茶花一样洁白、美丽，点缀在寂寞的大山里，萌发着春的气息；像五月里大山中飞来的画眉，清脆热情的鸣啼，悦耳、清新；像六月里山谷里呼出的凉爽的风，让人舒畅、惬意。她让沉郁中的秦刚心境舒畅、欣慰，他已爱上尹秀兰姑娘，秦刚的英俊潇洒也征服了她。两个人已产生好感，加上介绍人知根知底，两家一谈就妥了，杨九妹这头替小叔子做主，那头因为是表姐杨九妹做红媒，无须再打听。九妹爹张罗安排吃顿相亲饭。

第三天下午，杨九妹带着儿子坐上秦刚马车告别父母踏上回家路。爹、妈、弟弟、弟媳妇、表妹一家人执意相送，送出二里多路。临分手，杨九妹父母流下眼泪，杨九妹也掉下眼泪，杨母悄悄往杨九妹兜里塞钱。

杨九妹一行到村口时，天已掌灯。杨九妹惦记家里丈夫秦猛，她让秦刚摘掉马铃铛用布裹起来，以防止惊动四邻。她坐着马车来到家门口时，见自家院里站了几十个人，往屋子里看，公婆屋里明灯蜡烛，并传来清晰的跳大神的声音。杨九妹用手拉住秦刚和小虎子示意别出声，悄悄往前迈了几步，她看清楚了，屋里二大神田富一边打板一边唱：

　　黄天大神你从哪里来呀，迎迎风啊歇歇脚，喝喝哈了气，再把草卷子叼呵。

　　只见那位大神，屁股一颤多高，披头散发，嘴里发出"吐！吐！吐！"的声音。
　　二大神右手打着夹板，有节奏地敲打着，接着唱道：

　　大仙来自哪座仙山哪座庙？哪座仙山在哪边啊？帮兵①这里恭请大仙报个名和姓，有名有姓好临凡。

　　只见那位大神屁股在炕上一颤多高，嘴中唱道：

　　弟子有难，不听话，受人蒙骗，信馋言，得罪大仙黄风老怪呀，让他卧炕三百天哪！

---

　　① 帮兵是二大神，在东北跳大神中是请神和送神之人。

杨九妹听此，一股怒火从胸中升腾，绰起一把扫帚，刚要往屋里闯，见草垛上一个黄鼠狼正在手舞足蹈着，杨九妹举起扫帚忽地砸了下去，黄鼠狼哧溜一下钻进玉米秆垛。只听屋里传来：

　　哎呀，我的妈呀！九天圣母从天降，一大蒲扇铺天盖地打了下来，赶快跑啊！

　　大神抓起桌上一只鸡，跨窗而逃。二大神田富随手抓一只猪手也跳窗而逃，屋里屋外看热闹的人也都惊慌地跑了。

　　杨九妹一米七五大个，丹凤眼，身板结实。村中有几个小伙子管她叫嫂子，总想占她便宜，结果都吃了亏。春天村里播种黄豆，男人们大部分都下地干活儿了，杨九妹派出装车的人还没到，不能干等。杨九妹让孙小鼻子去仓库里扛黄豆袋子。二百斤一袋，孙小鼻子犯怵，就嘴里不干不净地与杨九妹叫板。在农村小叔子可以和嫂子开玩笑，孙小鼻子看着杨九妹，歪着脖子说："母马就是上不了阵，个子再高不顶用，只会掰胯生孩子。"这是明摆着叫阵，杨九妹心里合计着，"今天我非收拾你孙小鼻子不可。"她佯装没听见，走到孙小鼻子身后，伸开右臂把他往腋下一夹，轻松得像夹只小鸡似的往西屋走去。孙小鼻子在杨九妹腋下蹬腿叫喊："你想把我怎么样？"杨九妹一笑说:"我把你扔进水缸里灌一灌,省着你嘴巴唧叽的。"孙小鼻子这回真的害怕了,求饶道:"嫂子,嫂子这回我服了!"杨九妹想了想夹着孙小鼻子往回走,走到离光板车两米远处,手一扬,把孙小鼻子砰地扔到光板车上,实啪啪摔了个狗啃泥。

这一幕被在院中挑黄豆种子的四个女人看到了,恰巧这时王文、金胖子、小六子、三杈也看到了,大伙儿全被吓傻眼了。杨九妹训孙小鼻子,"你不就多长块肉吗?回去自己割了它做下酒菜。"说完,杨九妹走进仓库,一用力扛起一大麻袋黄豆,轻松走到马车前,咚的一声扔到车板上,正在耍赖的孙小鼻子一骨碌跳下车,大伙一顿哄堂大笑……从此,再也没有男人敢与杨九妹叫板。

中午,杨九妹领着小六子给地里干活的人送饭,小六子挑着饭和汤走在前面,走出一里多地就龇牙咧嘴地放下休息。杨九妹走过去从小六子手中接过担子,挑起就走,二里半地就换过一次肩。远远地,有人看见杨九妹挑着饭和汤向他们走来,小六子跟在身后一路小跑。

杨九妹经常挑着一担水,去地里一边给大家送水,一边检查工作,大伙全都服她。王文说,她多余挑水,放轻快不轻快。老打头的慢条斯理地说:"她给大家省工呐!她把大家的家当成自己家。哪块都浪费,这日子能过好吗?她处处精打细算,是个好当家的。"

杨九妹气呼呼从外面走了进来，强压心头怒火，丈夫有病也不能惹丈夫生气，走进公婆住的东屋把两包槽子糕、两盒罐头和两瓶老白干酒放到炕上说："这是我爹娘给您二老捎的，你俩快吃。"用眼扫了一眼桌上的东西走出东屋。东屋二老自知听信田富诱惑上当，麻溜儿收拾桌子搂过孙子，又端东西给小虎子吃。

杨九妹走进西屋，见丈夫秦猛脸色蜡黄，难受地躺在炕上脸朝外无奈地看着她。杨九妹心疼丈夫，忙问："咋的了？"秦猛用手扶着后骨盆说："别提了，爹妈背着我轻信别人的话，说给我跳一个大神就好了，我听到敲鼓声，想下地制止，可能把后骨盆抻裂了。"杨九妹气得抱着丈夫哭起来。

第二天，杨九妹出门上村里办公，与田富狭路相逢，她怒视田富问："我不在家你蛊惑二位老人，居然到我家跳大神，你找死啊？"田富满脸堆笑，支支吾吾地说："是你家大叔和大婶找我请大神给你男人治病。"说完撒腿就跑。杨九妹那个气啊！二老怎么这么糊涂？人家说的话怎不动动脑子。杨九妹把家里请大神的事向村党支部汇报，在村民大会上检讨，又向上级写了一份检查。

杨九妹下决心刹住这股邪风，找来县公安局老秦和田富进行正式谈话，田富承认他趁九妹不在家，诱惑二位老人上当，以此封住杨九妹反对封建迷信的嘴，他好干不可告人的勾当，暗地里挣点钱，得点好吃好喝。公安老秦威慑田富，再发现他搞封建迷信，就逮捕他，送进监狱蹲五年。田富吓坏了，又鞠躬又下跪，还写了保证书。

在村子东南靠近大山脚下住着一户姓白的人家，离村子二里远，孤零零一户人家，家中只有山子一人，十五年前山子八岁那年，爹娘去三十里外坎家村姥姥家为舅舅结婚送份子钱，留下山子一人在家上学，爹娘给他留下三天的干粮。办完弟弟婚事后，夫妻俩惦记家中孩子，告别父母兄弟匆匆往家走，七月天下连阴雨，走到绝户岭山下山体滑坡，夫妻俩双双被埋在泥石流中，等第三天有人发现时，夫妻俩早已死了。穷棒子村人性善良，助人为乐，山子走到哪家，哪家都给口饭吃，还会给他带上几天干粮。

一晃山子长到二十三岁，身子板稍弱点，像十七八岁孩子，干干自家地里的活没啥问题，因为家里穷，到结婚年龄没人提亲。一天，他去县城卖自己采的蘑菇、木耳、黄花菜，市集上有人卖小狗，他用钱买下来。这只小狗背上长了一朵棕色大花，头上是棕色，左半边脸是棕色，右半边脸是白色，两只耳朵是棕色，耳朵尖处长着两只小绒辫子，下半边脸是白色圆脸蛋，黑鼻头，黑嘴，十分讨人喜欢。它叫球球，是只小公狗，球球三个月大，像个小皮球，长毛，白色主体身子，四条腿虎抱爪。

球球三个月时，两只眼睛圈发生变化，一只眼白圈，一只眼黑圈。

　　球球一天天长大，十分乖巧听话，能立起来走，两条前爪合抱着做着"谢谢"，能冒话，像人说"外外""烦你"一样，常和山子藏猫儿。它很聪明，无论山子藏到哪儿，它都能找到山子。山子先让它站在屋内，山子马上躲进西屋门后，山子喊"开始"，球球就会在屋角、缸后、门后找山子，而且找到山子时，嘴里还冒出扑哧一声。它还会用嘴叼布口袋，山子一脚踢出七八丈远后，它健步追过去，用嘴叼回来放到山子面前，让山子继续踢口袋，不厌其烦，直到它累趴下才算完。山子有时病了，它会按山子吩咐从方桌上叼药或用两只前爪捧着药立起来送给山子，山子把它当成孩子喂养，有一口好吃的都和球球一分为二，他和球球相依为命。一晃两年过去了，球球长到二尺多长，一尺来高，嗅觉灵敏，耳朵特灵，善于奔跑，有时大狗都追不上它。山子每天早晨外出下地会对球球说，"我铲地出去，你在家看家。"球球好像听懂了山子话语，伸伸鲜红的小舌头。每天山子回家，长长吹一口哨，不一会儿，球球就会跑到山子面前，摇头摆尾，山子抱起球球，球球用小舌头舔着山子脸，山子一天的劳累顿时消除。

　　一天中午，下起瓢泼大雨。山子不能铲地，他抬头看了看天，天阴得像个水盆似的，毫无晴意。山子扛着锄头顺着山坡往下走，一不留神脚下被一块露出地面的石头绊了一跤。他爬起来脚下又一滑，一只脚伸进前面两块大石块下面，身子一扭，大腿被扭了筋，疼得山子满头大汗。天上打雷闪电，大雨瓢泼，前不着村，后不着店，他求助无门，离他最近的一户人家也有二里多远。他突然想起了球球，他用力吹了三声口哨，他不知道球球能否听到，约莫十几分钟，一个白点出现在他的眼底，一会儿球球全身淌着水来到他面前。山子激动地哭了，他用手替球球摸索摸索身上的水，对着球球说："马上回家，我放小四方桌上有块膏药和药布，你拿给我。"球球转身向家中跑去，约莫半个小时，球球挎着一个小口袋，里边装着山子的防雨塑料布，嘴里叼着纱布球和一贴膏药艰难地跑来，小口袋吊在它胸前，跑不起来。山子一把把球球抱在怀里，球球伸着长长的舌头喘着粗气，山子披上塑料布，把膏药贴上。坐了一会儿，天已放晴，他扛着锄头领着球球一瘸一拐地走回家中，球球身后还跟着一只小黑狗。

　　一会儿风小了，球球跑出去玩耍，它和小黑狗一前一后在山坡上戏耍，这时一位十八九岁的姑娘出现在山坡，她高兴地叫着球球和小黑狗，两个小生灵一前一后向她走去，在距她一丈远时，两只小狗转身就跑，小黑狗往山上跑，小球球顺坡往家跑。姑娘一边喊，一边追着球球，球球好像故意逗她，跑跑停停，总和她保持二丈远距离。球球跑跑，回头看看，姑娘伸手去抓它，它扭头就跑，这姑娘来了倔劲儿，紧追不放。

球球跑进屋中，姑娘追到屋中，见炕上坐着一个小伙子正怔怔地看着她。她有些不好意思说："这小狗真好看，还会逗人，跑跑停停把我引到你家。"球球立起来扒拉姑娘腿，姑娘哈腰抱起它，它往炕上挣扎，姑娘把它放到炕上，它用嘴舔着山子伤处，姑娘被它感动了。她问山子，脚怎么了。山子告诉她昨天脚插进石头缝扭了，伤了筋。姑娘一屁股坐到炕沿上看他伤得重不重，"你家人呢？"山子告诉他家中只有他和小狗，姑娘长出一口气说："原来它引我来你家，这小狗够灵性的，我帮你做饭，你好好养着。"说完，姑娘一边做饭，一边收拾屋子，球球身前身后围着她转。

姑娘一边干活，一边自我介绍，"我姓赵，叫赵丫丫。你就叫我小丫，我家住在村子东南角，对着你家方向，我爹妈种地去了。我去叫他们回家吃饭，我耳朵有点背，你得大声和我说话，小时发烧做下了这病。我今年十八岁，我就喜欢小狗，你家球球太招人喜欢了"。

自此一连十天，她总来送饭给山子和球球，他们成了十分要好的朋友。球球常跟着丫丫回家，丫丫家里人知道球球下雨时为山子送膏药，引着丫丫和山子见面。丫丫爹妈又去山子家看了三次山子，两家相处和谐如亲人一般。山子一个人，有房有地，人又勤快，就找人说媒，一说既成。两个孩子结为夫妻，其实这大媒人应该是球球。

这一年，杨九妹当上村长，她惦记村里每一户人家，几次去山子和丫丫家串门，嘘寒问暖，球球也和杨九妹混熟了，杨九妹每次都抱抱它。杨九妹劝山子一家搬到村里住，山子不愿意，杨九妹也不强求。每次她路过山子门前，总会进屋坐上一会儿，丫丫怀孕了，一晃八个半月了。杨九妹不放心经常去看看，杨九妹会接生。丫丫爹老寒腿犯了，下不了地，丫丫妈两头照应。

　　山子一大早背着山货去县城赶集卖掉山货，买点日用品。丫丫快临产了，多买点红糖，家中有小鸡下蛋不用买。他临走时千叮咛万嘱咐，媳妇千万注意别干活，山子惦记着上路，卖完就往家走。

　　丫丫认为没啥大事，上半天真听话，下半天忘了，慢慢干起活来，进门拿东西，身子沉，脚下一跸趴到地上。她感觉有股热流往外冒，她爬上炕喊："球球、球球快去叫老太太，快去！"球球转身往外跑，直奔丫丫娘家，路上遇见一条大黄狗咬了它一口，它忍着疼痛，头也不回地往丫丫娘家跑，半路上正巧遇上杨九妹。球球一口咬住杨九妹裤腿往山子家拖。杨九妹知道球球通人气，快步往山子家跑去，那条大黄狗还站在那里等着要咬球球，杨九妹大声把它吓跑了。进了山子家，她二话没说检查丫丫，发现已经破水，因为来得及时，一会儿把小山子接生出来，八斤重的大胖小子，是球球报信儿有功。

　　等老太太来时，小山子已躺在妈妈怀中睡着了，杨九妹又给丫丫熬了碗红糖水，又做好了小米粥。见丫丫安全没啥事儿，杨九妹从衣袋中拿出消炎药交给丫丫妈，嘱咐什么时候吃药，村里还有事儿，她抱了抱球球走出房门，丫丫妈千恩万谢送出大门。

傍黑，山子从外面回家，见炕上多了个大胖小子。丫丫看着他甜甜地笑了。丈母娘忙里忙外，丫丫告诉山子："球球去找娘，半路碰到村长，球球咬着村长裤腿往咱家拉，村长来得正是时候，给我接的生，要不说不上会怎么样。"山子抱起球球用手轻轻抚摸它，球球发出一声大叫。山子扒开毛一看，球球肩胛骨上一个大红牙印，山子赶忙给球球上药，球球非要上炕，趴在小山子身边看着，山子一家乐呵呵。

球球和小山子一块儿长大，丫丫两口子上地里干活，让球球看着小山子，把门插上。小山子不老实，总要出门，球球叼着小山子裤腿不放，有时把小山子裤子拽了下来。一晃球球六岁了，小山子三岁，山子两口子养了一头老母猪，老母猪生了八个猪崽儿，丫丫每两个小时就回家喂猪，看看小山子和球球。一天中午丫丫回家，发现球球和小山子不见了，猪圈门大开着。她往坏里想，是不是让坏人把孩子和狗领走了，把猪卖了，还是狼来了。她不敢往下想，跑着喊回山子，两个人分头四处找。在西边山脚下，夫妻俩发现小山子趴在地上睡着了，球球圈着猪，不让它们走远。夫妻俩别说多感激球球了。

当年深秋，也就是两个月之后一天傍晚，山子两口子带着小山子和球球从地里回到家中，猪圈大开，九头猪不见了。两个人那份急啊，四处找，球球对着东边山顶上汪汪叫，两个人一看愣住了，山坡小路上，九只猪排着一队从山岗小路往下坡走来，先头母猪旁是一条大灰母狼，它嘴咬着老母猪耳朵，尾巴拍打老母猪往这边赶来，身后两只小狼学妈妈般叼着小猪耳朵，尾巴拍打两只调皮的小猪跟在狼妈妈身后往这边走来，另有两只小狼一左一右赶着小猪们往这边走来。那阵式要排上电影老好看了。走到山子身边松开嘴，母狼舔着山子手，山子挨个摸摸小狼崽儿，抱着球球，赶着猪群，五条狼也帮着山子圈着猪赶回院中，丫丫把猪关进猪圈里，插上门。

这在人们听来，就是天方夜谭。当晚，丫丫做了顿粥款待狼们，后半夜狼才走。虽然权当故事听，但是"人狼共舞"的事情却有。

三个月前，山子铲地到一片蒿草时听到蒿草深处有小狼崽儿叫，他扒开蒿草一看，一只母狼斜身躺着，小狼啃着它干瘪无汁的奶头。母狼病得起不来，它用乞求的目光看着山子。山子看后对母狼说："别怕，我不会伤害你们，你病了没奶了，我回去给你们拿吃的。"他回家和丫丫说了，两口子贴了一锅大饼子，熬了一锅小米粥，夫妻俩给母狼和狼崽儿送去，四只狼崽儿大口大口吃饭。山子把药碾成粉末放进碗中，用小勺喂母狼，母狼流下感激的眼泪。一连七天，山子两口子天天如此照顾狼群。七天后，母狼病好，小狼崽儿也健壮了。第八天，母狼带着四只小狼崽儿走了。

谁知狼也会感恩图报，上演了一出狼群赶小猪回家的好戏。穷棒子村村民不打猎，村子外山坡上常出现獐、狼、野鹿、兔子、野山鸡等小动物，人与狼以及其他动物友好相处，互不伤害，才有"人狼共舞"情景出现。人们保护动物，维持花、草、树木、动物、人友好相处，维护大自然平衡发展。

人民公社化后，杨九妹把散落在村庄周围的散户集中到村里，帮助他们建房以便于管理。

据说，那年冬天，四只狼深夜来到山子院中对空痛哭长嚎，其声凄惨。山子和丫丫知道，母狼被山外来人打死了，他们熬了一锅粥，四只狼吃了一半就走了，再没来过，它们搬进了大山之中。

一九五七年秋天，社会上刮起一股浮夸风，村里民兵队长听说别的村进行深挖秋翻地，把地翻二尺深，将阴土翻到上边，春天种地绝对高产，而且双倍高产。杨九妹觉得不靠谱，便找金大爷、刘大舅商量。二位庄稼地老把式一致摇头说胡扯，阴土翻上来，第二年春天不会长庄稼，更谈不上高产，最后三个人商定，拿出村里五亩地给民兵队长他们做试验。

十九个小青年来了劲儿，甩开膀子，扔掉小褂用铁锹深翻地，将阴土翻到上边，几个人盼着第二年春天地里能够长出奇迹。第二年春天，这块试验深翻地和其他地块儿一块播种，半月后，其他地里小苗破土，不缺苗，而这块试验田一亩地长不上一棵苗，连草都不长，小青年们灰溜溜地躲起来。邻村的袁队长领着大家深挖了二十坰地，颗粒无收。

一九五八年，中国大地上兴起了人民公社集体所有制，广大农村如雨后春笋般敲锣打鼓庆贺人民公社成立，农村走全民集体化所有制之路。各家农户用土地、牲畜、农具加入人民公社，人民公社给广大社员发放保值信用券，还收取每户五十元人民币入社费。

杨九妹被任命为村长兼大队第九生产小队长。天天早上，社员到生产队上班，早出晚归形成流水线。生产队牛多了，马多了，生产队用木材，不经请示，队长一句话，木匠师傅就可以把全村周围百年大粗树截倒，外村还把栽下的防护林里的大树断断续续砍伐光。刘大舅提醒："咱村树屏不可缺树，抓紧砍一棵补种一棵苗，要么又会发生黄风老怪复返的事情。"在这些老党员的提醒下，防风林屹立在穷棒子村四周。

人民公社成立，穷棒子村人事安排如下：

金大爷：保管员

刘大舅：蔬菜技术员

柳亚芳：会计

王丫：出纳

柳春燕：妇女主任

四胖子：民兵排长

方春海：男打头的（组长）

刘晓云：女打头的（组长）

又买了五匹马，盖了六间生产队大坯房仓库。

正房左侧是厢房，右侧是一排马圈，前大门挂上生产队名头牌子。

转瞬来到一九六〇年、一九六一年、一九六二年，生产队经历三年自然灾害，党号召全国人民勒紧腰带还外债，共渡难关。

自然灾害，连续三年非同小可，第一年生产队有点余粮，供销社按人头实行粮票、布票、豆油票，限制供给，每人每月十五斤粮食、二两豆油，过年每户二两香油。粮食不够吃，采野菜补充，小麦、玉米、高粱磨出的谷糠舍不得扔掉，大伙掺着玉米面青菜吃，第一年顺利过去了，全村人没有说出一句埋怨话，党员干部和村民一同战胜第一年自然灾害。

第二年春天，杨九妹找到金大爷、商二叔、刘大舅商量，来年还会像今年一样困难，怎么办？刘大舅说，今年五月节下一天毛毛细雨，七八月会生虫子，应该提前准备，买些农药备用，"春天我让金大哥开块荒地种上二亩来烟，把烟叶采回来，凉平存放起来，现在派上用场了，把烟叶装入五个大缸，用水泡，也能防虫子。"

金大爷说，来年春脖子长，粮食是个大事，发放十五斤粮，半个月就吃没了，剩下那半个月怎么过？连着两个月，得想点办法。刘大舅点头说："这确实是件头等大事，到时没粮吃，孩子哭，老婆叫，人心不安哪！我看秋后上报来年预备种子时，多打点补苗数，把村子四周边边角角、旮旮旯旯的地都种上红绿大萝卜，再多种一坰土豆，上级不收这些，关键时能顶大用。"

杨九妹点头拍板："就这么定了，宁可大人饿点儿，孩子、老人要有吃的，种这些东西，我们几个党员知道就行，别扩大范围，容易让人抓住把柄。再难，咱心里要装着老百姓。"

当年七月，起了虫子（即冥虫），繁殖特快，杨九妹派几个人分头盯住每块田地。第三天，刘大舅对杨九妹说，可以大片喷洒烟水，一个死角不落，尤其和邻村接头地块加重三次喷洒，先别动农药，控制不住再喷农药。全生产队男女动员，没有喷药器的拿刷子抛，三天全部喷完烟水。十天后，邻村地里庄稼全爬满了虫子，穷棒子村因为打药得当及时，没生几个虫子。发现邻村地里虫子多时，及时喷洒农药，把虫子杀死，派人日夜巡逻。半个月后，下了一场瓢泼大雨，虫子被淹死。杨九妹生产队基本没减产，相邻几个村产量减半，村民们伸大拇指给杨九妹点赞。杨九妹在会上大加表扬刘大舅、金大爷。

第二年春天，春脖子长，比往年多出十八天，春旱不下雨，那也得按季节种地：有数二十四节气，惊蛰乌鸦叫，春分地皮干，过了芒种不可强种。生产队拉水刨坑种下玉米、谷子、高粱、大豆，正常半拉月出齐苗，最多二十天。小苗这东西十分神奇，只要外面有霜冻，它卷在土里不出来，没了霜冻，它们像听到号令一样一夜全拱出土。

种子种下十来天，杨九妹就和几个年轻人在地里巡逻，观察小苗是否破土拱出来。

今儿东方刚亮，杨九妹睡不着，起来悄悄熬好粥，贴锅上九个大饼子，家中米袋已见底。她草草喝了两碗小米粥，说是粥，其实是一粒一粒的。她走出家门，检查每一块地，在小河边意外发现山芹菜已长出一寸高，身后地里苦芥菜、婆婆丁已稀稀拉拉地钻出地面。她心里别提多高兴，用手挖出两根婆婆丁，用河水涮了涮放进嘴里，苦涩涩，清心爽口。她一抬头，不远处一棵四米高的小榆树已长出一串串榆树钱，她走过去用手撸了两把榆树钱放进嘴里咀嚼着。这一切被从村里走出来的秦猛看在眼里，疼在心里。杨九妹自从轻装嫁给他，几乎没享一天福，杨九妹爱他几年如一日，这次骨折，杨九妹精心护理，有好吃的宁可一口不吃，也让他和老人、孩子吃，杨九妹那漂亮脸蛋已消瘦。生产队一大家子杂事，她处理得井井有条，她心中时时挂念老百姓，老百姓也时刻听她的话。杨九妹不愧是一位好党员、好干部，咱村老百姓的管家人。

今天早上，她只喝了两碗粥，他心疼她，爹妈也心疼她，让秦猛给杨九妹送来玉米饼子。杨九妹没舍得吃，上山撸榆树钱、挖野菜。秦猛的眼睛湿润了，他走到杨九妹身后，一只大手轻轻搭在杨九妹肩上。杨九妹转头一看是丈夫秦猛，对他深情地一笑说，"山野菜、榆树钱下来了，人们可以上山挖野菜了，我刚尝了，挺好吃的。"秦猛埋怨说："别撒谎了，我看见了。"秦猛说完把两个热乎乎的玉米饼子塞给杨九妹说："快吃，说别的在我这儿不管用。"杨九妹说："我早上吃了。"秦猛说："别说谎，那锅边大饼子几个我还不知道？赶快吃，爹妈让我送来的。"杨九妹无语，她清楚秦猛也没吃，她把一个塞给秦猛说："你不吃，我就不吃。"秦猛知道杨九妹的倔劲儿，大口吃起来，杨九妹把头靠在丈夫的肩上。

此时，一轮红日从山后徐徐升起，太阳下边漂浮着大片白云，天空高远处几朵白云慢慢地向远处飘去，大地上泛着一片片淡淡的葱绿。那条小河弯弯曲曲从小桥下流淌，发出哗啦啦的清脆悦耳声响。村庄上空、山坳里浮荡着淡淡的薄雾，像美女西施的面纱，山村的早晨清新迷人。

正在这时，身后传来一阵脚步声，是妇女主任带着几个人去种小豆。只听妇女主任柳春燕开着玩笑说："九妹姐和秦哥够腻的了，在家里腻不够，跑山上来腻，让人忌妒。"大家一阵笑声向前方飘去。

正如刘大舅、金大爷所料，各家房前屋后自家小园子存的那点粮食也已吃完。进入春忙时节，田富气喘吁吁地跑过来求杨九妹："村长，我家娃饿得狼哭鬼叫，快救救我的孩子。"说完扑通一声跪下给杨九妹叩头。杨九妹叹了一口气说："你先回去，中午我们党支部研究解决燃眉之急。"田富连磕了三个响头起来下山了。

中午，杨九妹和金大爷、刘大舅说："刘大舅去年预见出现了，各家粮食吃光了，应该安排人把萝卜从窖里取出来，泡泡秤，算一下一家能分多少斤，预留点铲地时送午饭用。今年没断苗，预留的二千多斤玉米也派不上用场，把那二千多斤玉米粉碎，每户分二十斤，余下留铲地送饭用。"她从仓库走出来叫住二愣子、大扁脸、四胖子，让刘大舅把秤称，老李会计记账。老李会计会袖吞筋算法，不用算盘，秋天场院过称，两伙人用斗量，结束时两个打算盘人还没报出数，他把两组数字就说出来了，一核实，分毫不差。今天用两台秤称萝卜，一上午全部得出准确数据，每户分五十斤萝卜、二十斤玉米面。杨九妹又让四胖子告诉大家，计算着吃，山上野菜已出土，挖野菜补充副食。

下午，人们兴高采烈地背的背、扛的扛，领着孩子们走了，杨九妹的小叔子秦刚领完东西也走了。杨九妹坐在木板凳上沉思，这回全村都能渡难关了，晌午饭也没问题。金大爷从仓库里走出来说："九妹，你自从当上村长，一心一意为了大家，分啥都不许自家多领一点，太认真了。都像你这样当干部，我们社会主义建设就会大步前进了。"杨九妹听后笑了笑说："你也一样，这些年我们风风雨雨一路走过来，太不容易了，我站在党旗下入党宣誓时发誓，为共产主义奋斗终生！其实我现在才体会到，生活中、实践中要时刻严于律己，发现私心苗头就制止，不让它膨胀，共产党人心里只有装着老百姓，为人民服务，就能勇敢向前，心底无私天地宽。"

一九六六年"文化大革命"开始，田富几个人戴上红袖标，上面印着"革命造反派"，走进生产队队部说："马克思列宁主义道理就一句话，造反有理，我们生产队应该进行革命。"一伙人气势汹汹，大有黑云压城城欲摧之势。就在这时——抗美援朝英雄郭五爷以及土改干部金大爷、刘大舅、商二叔炸锅了，走出生产队队部厉声说："光天化日下，造谁的反，就凭你田富宣传封建迷信，跳大神谈革命造反，造你妈的反，我全身十八块弹片在身上，兔崽子、王八蛋，你那时干什么呢？"郭五爷指着田富说："放你妈个屁，老子抗美援朝，从参加四野，一直打到海南岛，又去朝鲜，你在哪儿？"郭五爷手握硬榆木柱棍，指着田富说："你小子一撅腚，我就知道你拉几个粪蛋，一屁股屎没擦净，你还反了。这是咱共产党领导的天下，谁他妈的敢动一草一木，我和他拼了。"此刻社员们越聚越多，七嘴八舌数落田富几个人，人们骂骂咧咧，有的去仓库拿出垛叉。大伙儿群情激愤地说："才过上几年好日子，要造反，打死你们几个狗杂种。"几个人见势不妙，灰溜溜地跑了。

土改至今，人们跟随共产党大干社会主义的信心坚如磐石，中国共产党员领导农民建设社会主义热情高涨。今天，群众自发地说出心里话证明了一切。杨九妹说："咱庄稼人种好地就是坚持共产党的路线，走社会主义康庄大道。"

第五天，大广播喇叭里唱出了《太阳最红，毛主席最亲》《浏阳河》《毛主席来了苦变甜》《智取威虎山》《红色娘子军》《杜鹃山》《红灯记》《沙家浜》等革命歌曲和样板戏。县里组织文艺汇演，杨九妹披挂上阵唱起《珊瑚颂》，歌声动人嘹亮，大家热烈鼓掌。

一天中午，王文走进生产队广播室，广播员孙大爷不在，他来了鬼点子。他拿起麦克风说："下面播报天气预报，播报人王文。今个晌乎（午），咱给大家报个天气预报，今个晌乎（午），有老大老大的雷阵雨，大家伙儿走道当心着。西北边那嘎达小道，哧溜哧溜，老他妈的滑溜；西南大道，光滑得像咱的大理石地面，哧溜哧溜，妈拉个巴子的，舒溜舒溜，打哧溜滑；东南小道，光溜溜，流光水滑，滑溜溜；东北小道都是大泥咔啦，磕磕绊绊，一不小心来个大前趴子，成了泥猴。小伙子来个狗抢屎，满嘴往外冒黑油；大姑娘滑得噔噔，啪嚓一个大腚墩，往前一趴红嘴唇变成黑沟沟；老太太……"

这时，广播员孙大爷气呼呼从外边跑进来，抢下话筒训斥道："你个二滑屁，什么时候能正经？"

谁知这段话全播了出去，至此王文"二滑屁"不胫而走，他的这段东北人报天气预报的段子远飞大山之外。

一九七七年恢复高考，杨九妹鼓励村里初中、高中毕业生去试试，给放一个月假复习，结果村里两名回乡青年考上大、中专。杨九妹十分重视青年们学习、进步，关心村小学房舍。杨九妹领导大家盖起了第一所砖瓦结构小学。

秦猛的父亲读过不少武侠小说，邻居黄老太爷会讲一些清宫秘史。两位老人时常茶余饭后在秦家讲古往今来的故事，所以家中聚人多。秦母跟外公学会一手治疗疑难杂症的绝技，常有村里得了封喉病的大人、孩子登门治病，像羊癫疯、偏头疼、闪个腰、岔个气、手脚感染起红线……

村民小俞订了婚，女方父亲带女儿刚走，父亲孙殿臣走回屋里，儿子订婚是件大事儿，高兴多喝了几杯，只觉头昏脑涨，迷迷糊糊，他侧身躺在枕头上就晕了过去。孙殿臣媳妇觉得不对劲，用手扒拉他，他一动不动口吐白沫，媳妇用手掐住他的人中，按了十多分钟。孙殿臣哼了一声睁开眼睛，说话时吐字不清，口眼歪斜。孙殿臣媳妇小跑着去找赤脚医生仇常春。不巧，仇常春进县里办药，就又去老秦家找秦老太太，着急地说："婶，快去我家，殿臣得了半身不遂，口眼歪斜。"秦老太太平时为人善良，有求必应。她下地穿上鞋，随着孙殿臣媳妇紧赶慢赶地跑到孙家。她看了看孙殿臣说："侄媳妇，你把殿臣脚板露出来。"她要了杯白酒，擦了擦孙殿臣脚板，拔出头上银针对着脚板涌泉穴处扎了两针，冒出一股黑血又给另一只脚扎了一针，用银针在孙殿臣两个虎口处各下了一针，又在那条瘫痪右腿足三里处扎进一针，过了一会把银针拔出说，"让他安静睡一觉，明早就会见好。"说完就走了。第二天早晨，孙殿臣能自己下地一瘸一拐地走了。

秦老太太刚上炕坐下，小成子两口子抱着孩子急嚯嚯地走进屋来，进屋小成子媳妇就哭了。小成子说："大娘，我家小豆包嗓子堵得快喘不上气儿了，你快给看看。"秦老太太从碗柜中拿出一个包饺子用的扁池子①，用水刷了刷，然后走到小孩子跟前，让小成子两口子把住孩子。她用扁池子压住孩子舌头仔细看说，孩子起白娥子，也就是封喉病。她拔出头上银簪，用火燎了燎，对准嗓子红肿处刺了一针，一股黑血淌了出来。秦老太太说没事了，下午别吃饭，晚上可以吃饭了，喝点小米粥，别吃干硬的东西把孩子嗓子拉坏了。小成子两口子千恩万谢地

---

① 扁池子，是牛肋骨磨成的长扁片，包饺子的时候用来挖馅，作用跟勺子差不多。

走了。

无巧不成书，事儿一块来了，程泉歪着脖子难受地走进来说："大娘，我早晨起来脖子不敢动，你给我治治。"秦老太太笑了说："你平时总是嘴上没正经的，转过脸去。"对着他屁股唰地一脚，程泉"妈呀"一声大叫转过脸来，好了。一屋子人哄堂大笑。程泉给秦老太太深深一鞠躬，走出房门。

不一会儿，刘三打着咯走进屋来，对着秦老太太说："大娘，又是一个嗝，我一直打嗝，又一连打了三个嗝。"秦老太太笑了，指着门框说："你用力打几个吊喽①就好了。"哎！打了五个就好了。屋里人打心眼里佩服秦老太太。

吃完晚饭。就在这时，方老四走进来坐到西北墙脚，嘴里自言自语，今天好悬没见阎王爷。有人问怎么回事？他是一个谁一引就说实话的人。他说："今天中午我下地回家，饿得慌，媳妇正蒸黏豆包，我看她在起锅，拿起一个热气腾腾的黏豆包放进嘴里咽下去，卡在嗓子眼，上不来下不去，我媳妇见状用力拍打我后背，咕噜一声咽了下去，憋得脸红脖子粗，好悬没见阎王爷。"大家一阵大笑，秦老爹慢条斯理地张口说话了："这黏豆包还真能咽死人。伪满康德二年，咱村刘寡妇把女儿燕儿嫁给了前村马老四。马老四和燕儿生个姑娘，叫喜凤。喜凤十

---

① dī lou，像玩单杠似的身子吊起来。

岁时，夫妻俩得了传染病走了。远房爷爷把十岁的喜凤给了邻村钱家。那户姓钱的人家，家中有点小钱。"他停下吸了一口烟说：

十六岁和钱田结了婚。冬天快过大年，开始蒸黏豆包，媳妇干了一上午活儿，饿了，黏豆包出锅时，她捡出一个，用冷水冲了冲放进嘴里。这时候婆婆开门走出来，媳妇一着急一口把黏豆包吞了下去，卡到嗓子眼，上不来，下不去，憋得脸通红。老太太如果上前拍拍媳妇后背，那黏豆包会咽下去，可她为人狠毒，却狠狠瞪了她一眼开门回屋了，媳妇憋得受不了，一口气没上来，咣地倒在地上昏死过去。寒冬腊月，快过年了，钱家找阴阳先生一查正好初七，农村有七出八不出的说法，派人去家中坟地刨墓坑，天寒地冻整整刨了五个小时，才刨完坑，已是下午三点，钱家坚持要出殡，童养媳家里没啥亲人，出就出吧。正好厢房仓库里有一口棺材，过去乡下有钱人家都准备一口棺材，说什么聚财。一行人抬着棺材奔钱家坟茔走去，钱家坟茔离村子四里路，走了快半小时来到挖好坟坑前下棺材，放下棺材从棺材底下穿过两根大粗绳，一边两伙人拎着大绳由前往后走，快走到坟下脚处，一根大绳突然断了，那棺材咣的一声小头向下栽进坑里，又咣的一声棺材头落了下去。这两下咣当把钱家媳妇喜凤嗓子眼里的黏豆包墩了下去，她呀的一声苏醒过来，她睁开眼睛四周一片漆黑，嗓子眼全破了皮，疼痛难忍，她想喊却喊不出声来。这时外边叮咣往棺材上填土，她大声喊也喊不出声音，稀里糊涂被众人掩埋上，烧几张纸，一帮人走了。

在棺材里，她用手摸了摸四壁全是木板，她嘴里含着一个口钱，双脚用红绳绑着，她突然明白自己死了又复活了，是在棺材里。她清楚地知道她会活活地饿死在棺材里，不死也得死，她眼泪流了下来。她不甘心就这么死了，她对着外面大声喊，不见回声。这一折腾已半夜十一点钟，进入子时，她憋足了劲对外面大喊：'有人吗？救命呀！'……

恰在这时，一个一米八九大个壮实男人走到她坟前，蹲下借着月光看清上面立的木牌子上的姓名，上写：亡妻喜凤之墓。这男人站起来想起这位喜凤来，她是钱家童养媳妇，今年八月结的婚，他去随了份子吃了喜酒。今早上从她家门口走过时，她出来倒水还对他笑了笑。她什么病死了？这么快就埋上了？

这位彪形大汉叫卢顺，外号卢大胆，长得虎背熊腰，清朝时当过兵，打过大仗，对死人一点不惧，在最后一次打仗时身上中了一枪，弹片钻进肩胛骨没出来。他拿了部队给他的三块大洋退役回地方，部队有明文规定，可以到任何村子定居，地方必须接纳安排。他来到这前马家屯定居，一个人住在村子西南角孤零零一座马圈改造的两间大坯房里。卢大胆爱夜间行走，后背上挎着退伍时带回的二尺长小尖头铁锹。

　　这时，他隐隐约约听到女人的呼喊声："救命啊！"声音就在附近，他仔细听了听，声音好像是从坟里传出来的，他蹲下侧耳倾听，确信声音从坟里传出。他生性爱开玩笑，爬到坟上对里边大声说："妹子，想哥哥啦？我卢大胆不怕你，想我了就叫两声！咱俩唠唠体己嗑①。"里边喜凤听到外边人自报卢大胆，她知道是村中邻居，就憋足劲儿大声喊："外边是卢大哥吗？"卢大胆答道："是啊！想我了妹子？"里边呜呜哭了起来。卢大胆最怕女人哭，忙安慰道："别哭了，你有什么委屈对哥说。"里边喜凤大声说："我没死，我是大活人，你快救我出去，我告诉你咋回事。"卢大胆心想："我倒要看看是怎么回事，她要是死鬼我埋了她，她要是活人，我找钱家去说理。"

　　卢大胆从后背取下尖锹扒坟，他有的是力气，又喝了二两酒，他一气把棺材上的大冻土块扒掉扔了很远。说来是喜凤命不该绝，夜半卢大胆从坟前走过，又好奇地蹲下借着月光看那牌子，才听到喜凤的叫喊声，加上三九天死的，刨出的土是冻块，堆在一起透风，所以听到坟内呼叫声。换了别人早就吓得撒腿跑出老远啦，不会管这等闲事。

　　扒开棺材上的土块，一块棺材红板露出土面。卢大胆行伍

_____

　　① 体己嗑：满族语，心里话。

出身，胆大心细，他动了心眼，他知道死人手冰凉，活人手热乎乎。他用尖锹往缝里一插，用力一撬，撬开一条两寸宽小缝对里边喜凤说："妹子，你把一只手伸出来我摸摸，你手是冰凉的是死鬼，我埋了你，你手热乎是大活人。"这时天上一弯明月悬空高挂，皎洁夜光下像一朵雪莲花绽放的一只白白小手从棺材缝中伸了出来。他用手在那只手背上摸了一下，那只小手白净净、滑溜溜、热乎乎而富有弹性。他一把抓住伸出来的手紧紧握住不放，心里涌出一阵颤抖。他一生只摸过母亲的手，这是第一次摸另一个女人纤细的小手。里边喜凤着急地说："大哥快救我出来。"卢大胆开玩笑地说："你出来我就摸不到了。"喜凤打保票说："只要你救我出来，我全身让你摸个够。"卢大胆开玩笑地说："喜凤妹子，说话算数，你出来不让摸，我给你扔进棺材重新埋上。"里边喜凤呜呜地抽泣哭起来。卢大胆心软了，他抓住开缝一面棺材板一用力，只听咯、咯、咯，三下将棺材板掀开了。这三声清脆的响声，撬开了地狱和人间互通的大门。

这棺材盛装死人，钉钉时让故人儿女喊"西南大路"时木匠钉钉，左面一根钉，右边两根钉，卢大胆知道，先撬开左边棺材板，钉子少，省力气。

卢大胆把棺材板随手扔了一丈来远，伸出双手抓住喜凤的手一用力把喜凤从棺材中拉着站立起来，又双手抱住喜凤腋下一用力提出棺材。喜凤紧紧抱住卢大胆不放手，生怕又掉进棺材里。卢大胆双脚踩两面棺材帮，喜凤也紧紧抱着他不放手，他看不清脚下，一转身把喜凤放下，踩在一个大土块上。两个人一起摔倒，喜凤在下边，卢大胆压在喜凤身上，喜凤正是二八情窦初开，全身发育丰满，借着月光，喜凤眼角挂着泪花，双眼皮、大眼睛、长长睫毛，高鼻梁、樱桃小口，白白净净的皮肤。卢大胆顿感神魂颠倒，因为先前有约，所以一边吻着喜凤，一边大手放纵抚摸。喜凤死里回生，是这个男人救了她的命，她先前又答应他，就任他放纵抚摸全身，她在下边轻声呻吟。

过了一会儿，喜凤感觉有点冷。她穿着单薄丧服，她央求他，"大哥，我有点冷。"卢大胆马上停止双手，站起来拉起喜凤，两个人相互拍打身上的尘土。

此刻，天上那轮弯月已西斜，满天星斗烁烁闪着寒光，西北天空挂着七颗北斗星勺状向上仰卧在高远夜空，头上那颗启明星已经西斜。时间已跨入子时中时，阵阵寒风夹杂着雪花扑来。喜凤紧紧依偎着卢大胆，那种依赖是两个世界人的融合、信任和期盼。两个人手拉手并肩行走，脚下踏着积雪发出咔嚓咔嚓响声。静夜，那踏雪的声音传出很远，在离村半里远时，卢大胆再一次把喜凤拥抱在怀中，狂热地亲吻着喜凤。喜凤感谢他，温柔地回应着。

一对年轻人在奇特环境中相亲相爱，一个干柴，一个烈火，没有人会责怪他们不正经。喜凤十岁来到钱家，饱受公婆欺凌打骂，丈夫又耳软总听公婆的，也常常打她，她身上经常青一块紫一块，她认命了。俗话说：女大十八变，越变越好看。喜凤出落得如花似玉，丰满美艳。八月时结婚，腊月被埋。她从心里感谢卢大胆，他的胆识、他的豪放、他的热情深深感染着她，她从心底爱上了他。卢大胆吻得她喘不过气来，她挣扎着费了好大劲儿才推开卢大胆，喘着粗气说："快憋死我了，你个疯子。"

两个人又走了半里路来到村子，他们松开手，径直来到钱家，打开院大门走到门前。喜凤上前叫门："我是喜凤，我没死，我回来了，快开门！"深更半夜一个女鬼来叫门，除了卢大胆，谁不害怕！村庄里狗一阵阵狂叫。民间有这种说法，紧咬人，慢咬神，不紧不慢咬鬼魂。钱家人吓坏了，屈在被子里，捂着头缩成一团，不敢往外看。

这时，卢大胆上前敲门，"我是卢大胆，开门！我把你家媳妇送回来了！"里边更害怕了，是不是卢大胆来夜间抢劫，这个人来路不明，太吓人了。钱家老太婆主家，她壮着胆子对外面说："喜凤，我们对不起你，快回去吧！明天天亮多给你烧些纸，别吓唬我们了！"几乎在哀求中。

寒风中喜凤浑身瑟瑟发抖，卢大胆一生气拉着喜凤向自己家走去。走到卢大胆家，门锁着，卢大胆用手往下一拉，门锁开了，他领喜凤走进屋，屋里十分简陋，一口大锅，一个木制大锅盖，一口水缸，两只水桶，一根扁担，地上堆着一堆玉米胡子。西墙上挂着一层一寸厚白霜。走进屋里，南炕，炕头堆着一圈铺盖，一个圆桶铁皮炉子，烟道是用大坯砌成方形烟道，炉子脖伸进四方烟道。炕西面扔了两件衣裤。地上放着一张八仙桌，上边放着一双碗筷。卢大胆把玉米胡子扔进炉中，用玉米叶点燃，火焰熊熊燃烧，屋里一会儿就热了起来。卢大胆把喜凤抱起来放到烟道上，上边热乎乎，她暖和过来，脸上泛起一层红晕。卢大胆用手摸了一把喜凤细嫩的小脸蛋，又亲了亲喜凤。喜凤从悲伤气愤中恢复过来，她见卢大胆像一面墙一样站在她面前，她陷入深思。一会儿，她对着卢大胆说："我想好了，我嫁给你做你老婆！"卢大胆感觉天外飞来一只仙鹤，又像画中传说的仙子降临到他身边。他喜出望外，一把抱起喜凤亲吻着，两个人上炕结下秦晋之缘。

第二天，钱家天大亮才敢开门，门外无人，一大一小两双脚印印在雪中，老太婆让儿子带了许多纸钱，去给喜凤烧纸。儿子害怕，找了三个人相陪，到坟前一看，坟中棺材大开，棺材板扔得很远，喜凤已无踪无影。几个人大步流星来到卢大胆家，外大门锁着锁头，人不知去了哪里。反正钱田和喜凤也没登记，走就走了，没再寻找。

边远山区闭塞，一年后钱田又娶了一房媳妇，隔年生了一个女儿。

卢大胆一直没回家，喜凤是死是活无人知晓。

秦老爹讲完这段故事，人们静了好一会儿，突然沸腾起来，你一句他一句说着卢大胆和喜凤去了哪里。秦老爹抽了一口烟袋嘴，吐出一个烟圈说：就是来咱村落户的卢顺。当年走投无路，来投奔咱穷棒子村，杨九妹在村党支部会上做大量工作，才留下他们两口子。

这是一个传说中的故事或真实故事已不重要，但故事中卢大胆侠义坟中救人，揭示了封建旧社会不同人性的对比。"人鬼爱情"破除封建迷信，和梁山伯祝英台一样留下一段佳话，也给人们留下一段思索。

正是秋忙季节，全部人力、物力投入到抢收中。

早晨，刘木匠女儿刘丫急匆匆跑到生产队找到杨九妹村长说："我爸大前天去了外村，不，去了小杨树村我大姐家，得了半身不遂，口眼歪斜，右腿、右胳膊全不能动弹，已用车送进县里医院，让我来告诉你一声。"杨九妹详细问了些情况后，让刘丫回去，她在犹豫，是否拉刘木匠回来让婆婆帮助治一治，婆婆已亲手治好两个偏瘫病人。又一想，一旦接回来治不好，耽误了最佳治疗时间就更不好了。生产队没木匠不行，去年八月从城里来两个青年人，其中的小王既有文化又聪明，让他学木匠正合适，撸上一年八个月，能成为好手。想到这儿，她走进仓库和金大爷商量，金大爷说是应该选个接班人了，刘木匠六十五了，年岁已高。说定就定，杨九妹派三姑娘到地里把小王叫回来，大伙正在附近偏坡子地割谷子，差不多一个小时工夫，小王跑着来到杨九妹跟前。杨九妹示意小王坐下后，和他说："生产队决定让你学木匠，从今天开始。"恰在这时，王文回来拿桶给大家挑水。小王紧张地说："我不会呀！"旁边的王文插嘴说："就是凿眼子，给你个媳妇，没谁教你也能凿出孩子，干呗！"杨九妹白愣王文一眼说："快办你的事去，好话从你嘴说出来就有腥味！"王文向小王做了个鬼脸走了。

小王当了木匠，金大爷一手指导，先做夹板，后做拖犁架子，接着学习修补大犁。小王很聪明，一学就会，又有初中物理、数学知识，一边干一边用力学、物理、几何方式分析原理，这些全记在日记本上。有一天，金大爷让小王做一个四腿八扎长板凳，金大爷拿来一把旧板凳给他做样子，小王认真观察半天，用圆周板测量脚腿斜度、孔大小，用了两整天终于打出一条四腿八扎长条木板凳，就是眼儿大点，用木楔子打进去夹紧。那木头长凳是干榆木制造加工而成。金大爷看看凳子，看看小王，夸奖道："不错，会打四腿八扎凳子就达到二级了。"

秋天割完秋地，就得进行秋翻地，大量用大犁，划拉划拉总共八把大犁，得敲新大犁。刘木匠已出院回家，一瘸一拐拖着一条腿来到队部。杨九妹和刘木匠商量，想让他天天来生产队坐着教小王练习敲大犁。刘木匠答应了。去年金大爷和刘木匠春天从砍倒的大榆树干中选出四副大犁雏形，用水浸泡到冬天，拿出一冻，春天又在阳光下曝晒，木质定性不会变形。在刘木匠指导下，扒皮、砍去多余部分，再用铁刨子一点一点刮，十天做完了这些工作。接着就要弹线放尺。上午九点多钟，刘木匠让小王拿出墨斗盒准备弹线，一切就绪后，他突然说："墨水不够，你快去供销社买瓶墨汁。"金大爷从仓库拿出一块长条墨说，用碗磨黑也可以。刘木匠坚持非要墨水，小王骑上自行车去供销社买墨汁。等他回来，大犁线已弹完，而且弹了四条线。金大爷气得走进仓库。下午刘木匠说犯病了，来不了了。金大爷生气地说："老滑头，都这样了还耍心眼，死了还能带进棺材？人奸没饭吃，狗奸没屎吃。小王，你放心大胆地干，我前年已准备两块大犁木，你放心大胆地干，敲坏了，再敲。"小王听着心里暖暖的，他知道金大爷的心思，小王从心里感谢他。

小王起早贪黑敲大犁，十天敲出第一把大犁。金大爷谁也没告诉，只有小王和他两个人，找了一块无人地块，套上马。金大爷扶犁，小王赶马，马蹬开四蹄往前一用力，那铧越拉越深，咔吧一声，犁键拉断了。小王神态沮丧，金大爷蹲下看看犁铧，瞅瞅犁键，又让小王换上一副旧大犁，马轻轻一用力，那犁不深不浅犁出一条垄。

金大爷让马停下，卸下大犁，把两只大犁罗列一块儿进行比较，问小王："你看看这两个大犁和犁键哪处不一样？"小王比了比，角度、弯弓、扶手、犁键全一样，像一个模子刻出来的。

金大爷说："问题出在大犁键上，你那犁键是新木材，一拉弹性、角度就变了，往深里陷就变形。走，咱们回去，重新做犁键，用旧榆木，旧大犁键木换到新大犁上。"小王用了一上午做出一把新犁键。金大爷这一次叫了刘大舅、杨九妹、刘木匠去地里试大犁，一次成功，杨九妹乐得直夸小王。在生产队有会敲大犁的，就标志着生产队的实力强，小王才二十一岁就会敲大犁，是一个生产队的骄傲。

生产队决定来年夏天盖新仓库、新马圈。冬天到了，十二月份数九隆冬，生产队派三辆大马车进山里拉圆木，派谁呢？经杨九妹和金大爷、刘大舅、袁老二车马组长商定，派三个壮实车老板儿，年龄在三四十岁。头一辆由袁老二赶车，秦猛跟车，选出生产队最好的那匹辕马。那匹雪花青公马，膘肥肉实，四腿溜直，四蹄大如碗口，蹄后一撮白毛，一马能拉三千斤；第二匹马赤兔红，长棕毛，一对凤眼，头总是高高扬起，它非常善于行走，一马能拉三四千斤；第三匹辕马叫雪里黑，马嘶如钟，四蹄笔直，前双腿夹两块紧绷腱子肉，但脾气暴烈，是条好种马。又配上六匹小马拉前套。

三挂大车马挂蓝铃，浩浩荡荡地走了，杨九妹的心开始悬起来。多少人进山拉木头，很多辆车出事，听说鬼见愁地势十分险峻，九转十八弯……

三辆大车来到林场，因为袁老二多次进山拉木头和林场调度员熟悉，又给他送了年货（半拉猪肉半子），给会计带的黏豆包。大家十分顺利地选中了理想木材：一根一米粗六米长的红松，两根各一米粗六米长的黄花松。求调度员用电锯搜去一条，有一平面好绑车。三辆大车上的圆木经过调度员安排，吊车装上车，绑了又绑，又用一米长的三根独杆硬木撇上大绳打紧撩。袁老二又仔细检查了一遍，确认万无一失后，出发往西走。

中午走到鬼见愁，鬼见愁左侧一百多米深沟，右侧刀切斧砍绝壁悬崖，中间只有三米宽一条盘山路，昨夜下场小雪，盖住路面。鬼见愁曾多次出现连人带车从悬崖上坠落的事故，人亡车损马死。有诗曰：

鬼见愁长三百三，

悬崖过道人马寒。

左侧峭壁狰狞立，

右侧悬崖鬼门关。

又有诗曰：

娘盼妻瞅盼人归，

悬崖峭壁人车毁。

白发老人送黑发，

长思月下泪帘垂。

三辆大车一辆一辆下山，袁老二不知什么时候从哪儿弄来香和烧纸，他虔诚地插上三根香，摆上供果，浇了白酒，放上三支香烟，点着纸后跪下磕了三个头，嘴里念念叨叨："山神爷，弟子来孝敬您，您收香喝酒，保佑我们三辆马车安安全全下了坡。"说完，他对着绝壁磕起头来，刘四突然发现峭壁上有一个一尺见方的小洞，里边摆着一尊神像，刘四跟着袁老二跪下磕头。

袁老二赶着第一辆马车下山，他是多次进山的老把式，因为多次进山拉木头，经验丰富，走一走停一停，人马缓缓气，顺利地下到坡下，等着没下来的两辆车。

第二辆车是刘四赶的，他也进山拉过两次木材，他学袁老二走走停停，顺利下了坡，在坡下等着最后一辆车下山。

第三辆车由方永强赶车下山，秦猛在后面跟车。车顺利地下到半道，突然刮来一阵山风，从百米悬崖上落下一堆积雪砸到里边外套的马背上，那马一惊往前一蹿，绷紧外套绳子。要是有进山经验的辕马会用力后坐，可这匹雪里黑没经验，以为要跑坡，加上方永强第一次进山，本来见着鬼见愁就心里哆嗦，他用手紧紧拉住辕马嚼子，身子往后靠。他吓坏了，他不敢往左边看，他甚至想到他掉下去会活活摔死，想到老娘，想到媳妇，想到儿女后，他泪如雨下。车后的秦猛在马惊悸刹那间，双手搂住圆木后梢，控制方向，车稍微往外滑，他把木头往右推摆，一连五次险情躲避开，山下人喊哑了嗓子。因为秦猛拼命控制圆木左摆右摆，大车才没跌落山谷。三匹马跑到坡下被前边人控制住，方永强一屁股瘫坐在地上。再看那匹雪里黑，全身大汗淋漓，四条腿哆嗦颤抖，嘴里喘着粗气两眼毛毛愣愣，双耳直立。袁老二从兜里取出一挂鞭用烟点着，鞭炮齐鸣，远方群山回荡着此起彼伏的回声，渐离渐远。

出了大山，袁老二让大伙儿马挂蓝铃。秦猛告诉大家千万别讲今天的险情，家里人会惦记，杨九妹更会惦记，不放心，她这几个夜晚睡不好觉。大伙儿异口同声说保密。

三挂大车马挂蓝铃，叮叮当当有节奏地出现在村庄视野里。年轻人跑去迎接，杨九妹流下眼泪，她已三天没睡着觉了，心里总是放心不下。

圆木头拉回生产队院中，木匠小王和几个壮实小伙把圆木绑紧，中间放一个四角八扎长条凳，大粗圆木一头扬起，一头靠地，用大绳绑紧，用一把两米长大凿锯开始破木头。三根大粗圆木整整破了十天，然后把计算好的窗户框尺寸、门框尺寸拿来下料，接下来砍三角木板屋架，打窗户。小王又收了四个徒弟，他已是一名成手木匠。

窗框、门框打好，门窗就好打了。这三角木板屋架小王没干过，他和杨九妹请了假，进城买了几本木工书。他意外发现一本李瑞环著的木工书，里边知识特全，重点写了马尾屋架结构，他爱不释手地带回村中。

小王用了一整天，在屋里研究三角木板屋架，他请杨九妹批准买了两盘一大一小的电动圆锯，他自己掌握使用开启、关闭。第二天一排三角木板房架合成，全村人没见过这种简易房架，村里都是笨重的五棱五纠架子。

开春时房架子做完，共计划四十二排大架子，二十八排小架子，尺寸是：

正房

大架子：长 8 米，高 1.7 米 =42 排

厢房：

小架子：长 6 米，高 1.45 米 =28 排

正房：

瓦方条，共计1260根

拉板：1100根

厢房：

瓦方条长5米，宽（60×40×2）=280根

主房：

天窗8个，1000×800，安在后墙三米高处，通风口

正面窗户，8樘，3000×1400

屋边门：8樘

加外面对开门2樘，单开门1樘

厢房：

西厢房一排四个窗户，框架1300×1000，两个门

东厢房一排，三个外门，四个小门，窗户六个框，三扇对开

挖土坑接下来打地基，小王带领徒弟放线、钉木桩、找平，按线挑地基一米深，填沙石。

一个月，正厢房全砌平口，立门窗框。

两个月，正厢房房檐平口，举架四米八，厢房三米高，上架子选了良辰吉日上梁。

先上厢房，两天东、西厢房架子上完，中间挂上红布。

第三天天刚亮就上正房房架，按照小王木匠计算好的尺寸，

分两伙从东、西两侧往中间赶,中午十点四十五分两帮人马会合,把大架子安装完。拉住横瓦方,中间挂上红布,正午十二点小王木匠要跑梁浇梁,全村人都来看热闹。星期天,学生们也来看热闹,人影攒动,气氛热烈。

十二点,小王木匠爬上三角架脊梁,身后斜背着一把三角钢尺,后裤腰别着一柄斧头。他像爱护生命似的对待那把亮晶晶的斧头,左手提着一个方形斗,内装半斗五谷杂粮,右手提着一个白酒瓶。他从西头往中间走,只见他挺直身板,迈动脚步,一步两步三步……走到房子架中间,右手把已开瓶盖的白酒对着红布浇起来,口中念着喜歌:

> 吉时上梁增百福,
>
> 良辰立柱纳千祥。
>
> 昨日鲁班从此过,
>
> 他说今日好上梁。
>
> 太阳高照幸福来,
>
> 共产党给咱盖新房。
>
> 美好生活甜如蜜,
>
> 日子越过越亮堂。
>
> 大吉大利抛馒头,
>
> 王木匠手撒杂粮。

这跑梁浇梁可得有点胆量和本事才做得来。

已有人把几个馒头从南面扔过来，馒头落在北面空地，大家疯抢。有人把一个馒头抛给小王木匠，他接住馒头和徒弟们分着吃起馒头。

一个月后房子盖完，红砖白铁瓦盖，远看颇有气势。

历史的车轮飞快运转，转瞬间来到一九七八年春天。杨九妹多年操劳，疾病缠身，两鬓出现银丝，眼角爬上鱼尾纹。她在村党支部大会上提议，选刘九妹当村长接她的班。刘九妹是前长岭子生产队副队长、妇女主任，五年前嫁给本村周华秋，两个人郎才女貌，结婚后参加生产劳动。穷棒子村妇女主任嫁到外村，刘九妹补缺当上妇女主任。五年中，杨九妹带着她，培养她。刘九妹有实践经验，敢想敢干，聪明睿智，胸有韬略。党支部讨论同意，召开生产队社员大会，大家同意刘九妹正式接班，她披挂上阵。她是穷棒子村第二个女村长。

会上大伙提议，把穷棒子村改成九妹村，因为两个女村长都叫"九妹"。

第二部分

JIUMEICUN

一九七九年，改革的春风在祖国大地上涤荡，大江南北涌动着滚滚春潮，长城内外翻腾改革的滚滚热浪。经过"文化大革命"洗礼的祖国，先是一九七七年恢复高考，一度出现拖儿带女上大学，中年人与年轻人同坐一张课桌的盛况。这批成家立业的学子珍惜来之不易的求学机会，格外用功，毕业后大多成为社会主义建设的生力军。多少年后，他们的无私奉献被历史证明是最能吃苦耐劳、继往开来、开拓前进的一代，是他们继承了父辈的优良传统，任劳任怨，无私奉献，用实际行动谱写民族史诗。

　　刘九妹高中毕业，平时爱钻研，干工作十分认真，二十二岁从前长岭子嫁到九妹村。她不但人长得好看，歌唱得好，心灵手巧，家里家外都拿得起放得下，而且喜欢助人为乐，又尊老爱幼，深得村里人好评。她跟随杨九妹干了四五年，学了不少知识，也积累不少经验。她上任后去县里样板村学习调研，收获很大，考察回来记了一本子经验。第五天，她和金大爷的儿子金长杰、刘大舅的儿子刘仁发、商二叔的儿子商思有、四胖子、大扁脸开党支部会议，她汇报了去外村的学习经验，提出八点建议……会议开到掌灯后九点多钟才散。

今天，杨九妹把村长大印交给刘九妹，村委会定在早上八点钟开村民大会。金大爷、刘大舅、商二叔早早来到村委会，三个人搬椅子在院中坐着闲聊。刘大舅吐出一口烟圈深有感触地说：

一晃三十多年了，杨九妹带领九妹村党支部和全村人民干了无数件事，归纳起来主要有十二件大事。

一、坚持中国共产党的英明领导，九妹村有一个贯彻落实党的大政方针的坚强党支部，坚持走社会主义道路、走中国特色社会主义道路。

二、植树造林、防风防沙、美化环境，破除封建迷信。

三、全村扫除文盲，读书识字的人多了，全村占八成能看懂报纸，改变愚昧无知，能了解山外大事。

四、提倡婚姻自由，结束坑人的父母包办买卖婚姻。

五、中国妇女地位提高了，和男人一样参与国家新农村建设。

六、推倒大坯房，建一面青砖瓦结构房，穿衣饮食从追求饱暖到追求美观，从半饥半饱到饮食得到保障。人的寿命从旧中国六十提高到七十甚至八十。

七、全村公路全铺上沙石，修大坝、平整侵蚀沟，减少黑土流失，开垦拓荒板地，扩大耕种面积。

八、走完互助组，进入人民公社。抗灾防洪，渡过一道道难关，全村人从心底坚信中国共产党的英明伟大，一心跟着党干社会主义，走国富民强之路。

九、家中有了缝纫机、自行车、电灯、四轮车……

十、村里小学校第一家砖瓦房校舍，选优秀教师送出去培训，提高孩子们学习质量，上县重点高中、上大学的多了。

十一、血吸虫病、蛔虫、胆囊虫病人少了，传染病少多了。小孩接种疫苗，从小有了健康保障，残疾少了。全村人普及健康知识，走上全民健康之路。

十二、从靠天吃饭单一种田到多品种种植，学习科学种田，搞多项养殖。咱农民视野开阔了，将开始迎来机械化半机械化种田。

刘大舅吐一根烟柱陷入深思，金大爷接着说："咱九妹村旧社会叫穷棒子村，男人四十娶不上老婆，像刘四爷、刘五爷、隋二爷、马老爷……一辈子没结得起婚，现在山外姑娘嫁到咱九妹村。从一九四九年到现在三十个年头一晃过去了，咱九妹村发生翻天覆地的变化，从受人凌辱、打骂、当牛做马到当家做了主人，是人的尊严变化。实践证明，只有跟着共产党走，咱才能日子一天比一天好！"

这时，杨九妹、刘九妹拍手叫好出现在大家面前，不知什么时候，他们身边聚集了百八十号人。

刘九妹在全村社员大会上发表施政感言：

第一条：我们党支部和村委会决定建立老中青三代组合村委会领导班子：

村长：刘九妹

村委员：由刘大舅、商思有、王刚、李桂兰四人组成

会后分工：刘大舅、秦猛、商思有

民兵排长：王刚

妇女主任：李桂兰

第二条：村民委员会和十名群众代表明天开始认真丈量村里现有土地，分成优、中、下三等，测量完拿到社员大会上透明公布，然后村委会和村民代表进行土地分配，村里每人一份，优劣搭配，做到公平合理。

第三条：上级拨款修路存到村委会账户，村里原生产队留有机动资金补充修路不足部分，修水泥钢筋柏油路，主干道全修，副道用立砖铺，咱们要建一个砖厂，用废砖铺路。

第四条：砖厂建完，咱村村民翻新盖新房砖折半价。

第五条：加固水泥钢筋坝、防护堤，用砖水泥结构砌防水槽，夏天下大雨预防暴雨泄洪下流，加强侵蚀沟的修整，保护土地。

第六条：修完大坝，扩建人工湖，养鱼，鱼塘外包，和土

地一样占人头份。

第七条：大抓计划生育，由我牵头，妇女主任主抓，落实国家政策。

第八条：翻建村小学校校房，盖三层楼房，小学校迁址小河北咱们村子对面，给孩子一个安静的学习环境。

第九条：虽然土地、车马、大犁等农机具分到个人家，几户一匹马，几户一个大犁，要互助商量使用，像爱自己的马一样去爱护它们，发现有故意多用多占者，举报到村委会对他严厉批评。

第十条：两台拖拉机暂放村部，春种秋收生产队派拖拉机手去援助，用者掏钱付款。此款透明用于应急村里大事使用。人民公社、生产队大锅饭已不能满足人们更高的追求，小岗村联产承包敲响了改革的晨钟，全国广大农村实行新的改革浪潮，在祖国大地春潮涌动。

村民刘英二十三岁，是刘九妹原村子的女青年，和九妹村男青年乔俊杰是高中同学，两个人都是学校宣传队青年，刘英歌唱得好，乔俊杰二胡拉得好，笛子也吹得好。在县里举行全县文艺汇演时，毕业两年后的刘英和乔俊杰再次见面，代表各自村子参加比赛。刘英是贫下中农出身，乔俊杰也出身贫下中农，两个人都是红色后代，一见面就促膝长谈，越谈感情越深，发展到自由恋爱。刘英父亲不同意，刘九妹亲自回村和刘英父亲商量，促成两个人顺利成婚。

夏天夜长，村里小青年聚到乔俊杰家央求刘英嫂子唱歌，乔俊杰大哥拉二胡或吹笛子伴奏，一来二去，村里组成了业余合唱队，傍晚常在乔俊杰家院中吹拉弹唱，歌声嘹亮，笛声悠扬。村里人常吃完饭来凑热闹，院里坐不下，干脆乐队搬到小河边空地演奏。

刘英歌喉清澈、高亢、优美，她常唱《红灯记》李铁梅、《红色娘子军》吴琼花，还有《北京的金山上》《珊瑚颂》《阿佤人民唱新歌》；乔俊杰歌唱得也很好听，他爱唱郭颂的《乌苏里船歌》、李光羲的《北京颂歌》以及李双江的《我爱五指山，我爱万泉河》；村里姑娘春妮爱唱现代歌《小花》等。后来，这支村业余文艺队在县文艺汇演上拿了一等奖。

有时，刘九妹也来唱上一两支歌，大家发现九妹村村长唱的《共产党来了苦变甜》《洗衣歌》棒极了。

一晃刘英、乔俊杰结婚五年了，偏偏天有不测风云，乔俊杰感冒发高烧，离县城路途远，拉到县城人已没气了。刘英哭得死去活来，整个人傻了。刘九妹一趟趟去刘英家劝："小英子，你不能这样糟蹋自己，得吃饭，小林宝才三岁，孩子需要你。人死不能复活，活着的人还得过，看在孩子面上你也要坚强活着。"说完，刘九妹抱过小林宝，小林宝又扑进刘英怀里……

刘九妹在刘英家住了三天，家中的活儿由妇女主任来帮着做，地里的活儿由刘九妹丈夫和弟弟帮忙干。一天两天行，时间长了，刘英不好意思，从极度悲伤中慢慢走了出来，脸上也有了笑模样。

一晃半年过去了，刘英自己扛起了重担，又有刘九妹和亲戚朋友帮忙，抢完秋收，进入冬天。山区农村冬天吃水困难，得去井边打水，冬天井沿结冰，脚下特滑，男人都不敢轻易溜神。总用别人帮助挑水不是那回事，人家遇到有事也不能按时帮助挑水，刘英决定自己挑水。她担着扁担，两头挂着两只桶，来到井旁，人们排号打水，她排第五号。临到她时，她爹着胆子去搅动辘轳把。

农村笨井是这样子的，井后两米远立着一块两米高、一尺宽、两尺扁方石，石头上凿个圆孔。石头前一米多远是两条榆木斜叉卡扣支架，那丫木上放一根小碗口粗圆木，一根长木从丫木中穿过，将一头伸进那块埋在土中牢固的方扁石孔中，用木楔子固定。丫木前边是一个一尺多粗、一米三四长的圆木滚子，用钻钻出粗孔或用凿子凿出比那根圆木稍粗的一个孔，把那根支出的圆木套进这段圆木孔中，圆木两头用铁条箍紧，铁箍上有个铁环，把井绳绑在铁环上，系得实实惠惠紧固，井绳一头拴上用柳条编成的圆形尖屁股桶。人们打水时搅动辘轳把，井绳子一圈一圈把桶搅上来，打水人用右手把住辘轳把，探出身子用左手从井里提出那只装满水的水桶，拎出井倒进担水的水桶里，打满两桶后挂上扁担挑着往家里走。

刘英第一次来挑水，照着别人的样子搅动辘轳把，一圈一圈地搅动井绳。水桶搅上来，她停在那里一动不敢动，不敢探身去井中提水桶，水桶悬在井口，她紧握辘轳把，有点坚持不住，她一松手，水桶带动辘轳把飞速转动。就在这一刹那，有人从身后一把把她拉出辘轳把旋转危险圈，只见那辘轳把飞速旋转，只听咕咚一声桶跌进水中辘轳把才停了下来。这时，一个膀大腰圆的男人像一尊铁塔站到井边一声不吭地搅动辘轳把，在他手中那桶水像棉花般轻飘飘地被搅了上来。他一伸手从井中提出那只盛满水的水桶倒进刘英一只水桶中，又搅动辘轳把提上一桶水倒进刘英另一只水桶中，他两只手抓住两只水桶轻松提到离井两米远的干净平地，从地上拿起刘英的扁担交到刘英手中。刘英刚才被那飞转的辘轳把吓坏了，被这个男人一把拉开、躲开了，脸还在红，心还在跳。她看着眼前这个壮汉为自己做的一切，愣愣地站在那里，当这个男人一脸憨厚地送给她扁担时，她脸上红一阵白一阵。

这一切被从远处走来的刘九妹看得真真切切，她埋怨丈夫秦杰不该让刘英自己挑水，这死冷寒天，井台又滑，脚下全是冰，最让人害怕的是辘轳把旋转打来……好在这个千钧一发之际，刘英身后的孙晋平出手相救，避免了一次大祸发生。刘九妹走到近前说："孙晋平，你快挑水帮助刘英送家去。"孙晋平听话地担起两桶水往刘英家送去。刘九妹和刘英一边走一边说着刚才的险情。刘英用手捂着胸口说："我现在胸口还在咕咚咕咚地跳。"她俩到家时，孙晋平已把水倒进缸里，放下桶往外走。刘九妹叫住孙晋平，"你咋那么抠门，干脆再挑两担水把水缸灌满。"刘英想制止，刘九妹向她使了个眼色，刘英止住没说。不大一会儿，孙晋平挑了三担水把水缸倒满，还剩下一桶水放在地上。刘九妹示意刘英拿个木凳让孙晋平坐下，孙晋平平时很少和女人这么近距离坐着，再说他有点怕村长刘九妹，社员大会上她嘎嘣流丢脆地讲话让人从心里佩服。刘九妹在他媳妇病重时去看过两回，他媳妇生孩子难产走了，刘九妹安排王刚和刘大舅去帮助料理后事，他一直记在心里。孙晋平是从外村来的倒插门女婿，半年前媳妇死了，他回家就不再出门。小舅子怕他继承父亲财产，逢年过节孙晋平去看老岳父，小舅子一家带搭不惜理儿的，孙晋平知道，干脆不去了，过年让别人捎礼品给他岳父。

刘九妹看看刘英，再看看孙晋平，她有意把两个人撮合到一块组成一个家庭。她和孙晋平说："你以后就负责我妹妹刘英家的水和杂活，帮助刘英春种秋收。"说完用眼睛盯住孙晋平，刘英满脸通红掐了刘九妹胳膊一把。孙晋平低着头瓮声瓮气地说："中。"说完，他起来扫了一眼刘英走出门去。

刘英埋怨姐姐太匆忙，刘九妹说："这孙晋平人好，对前妻百依百顺，上哪找这么合适的，晚了让别人抢去了，看你后不后悔？"刘英不语，姐俩又说了些心里话。小林宝睡觉醒了找妈妈，刘九妹抱了抱小林宝："大姨好不好？"说完从兜里掏出两块大虾糖给了小林宝，小林宝说："大姨好。"刘九妹亲了小林宝一口起身走了。

刘英一个人思绪万千，她想起和丈夫结婚前恋爱的往事，拿出相册翻看，思绪随着照片飞向远方。

乔俊杰和自己是高中同学，在学校同在一个校宣传队，乔俊杰拉二胡、吹笛子，她唱独唱，在县里组织各乡文艺会演时他们是竞争对手，可在会演最后一天，他和刘英总要合作表演一次，博得台下阵阵掌声。确立恋爱关系，需进城买东西，两个人一合计进省城哈尔滨大商店买。到了哈尔滨，典雅美丽的欧式建筑让他俩流连忘返，他俩在斯大林公园漫步，柳树浓荫，花团锦簇，松花江犹如一条玉带飘向远方。斯大林公园一组群雕栩栩如生，两个人干脆今天不回去，坐船过江去了太阳岛。

一脚跨进太阳岛，郑绪岚演唱的《太阳岛上》让他们陶醉。两个人手拉手在太阳岛公园漫步，走着走着来到一片杨树林，此时正是五月杨花飞舞，落了一地的杨花一团团舞动飘浮，用脚一跺，杨花飞舞，粘满衣裤、眼毛、头发。两个人嬉笑着拍打对方身上的杨花，乔俊杰为刘英摘着睫毛上挂着的杨花，长长睫毛下一双黑葡萄般的大眼睛划过一道道光亮，似流星，似闪电。乔俊杰轻轻吻着刘英，两个人紧紧抱在一起，杨树林中没有人，阳光穿透浓叶的罅隙把一条条金线般的光束照耀在两个人的身上。他们陶醉在彼此的爱恋中。

乔俊杰为刘英写下一首《六月杨花》：

六月杨花

在密林中舞动

那杨花飞起的绒毛

像雪花

像鹅绒

软绵绵

蓬松松

为你镶上睫毛

为我镀上光灿

我们在杨花林中

手拉手奔跑

心连心相伴

杨花林深处

留下我们的爱恋

他们商量不坐观光游船回江南，徒步从松花江铁路桥上过江，一边走一边欣赏松花江两岸风光。松花江北岸，一片片天然翠绿，茂盛的树林伴着阵阵轻风舞动，姿态翩然婀娜，让人陶醉流连；一片片绿草滩上彩蝶飞舞；江中游艇飞一般地在江面滑行，身后溅起白色浪花；几艘五彩龙舟满载游客往返在宽阔的江面上；松花江铁路桥上一列墨绿色客车如巨龙般轰鸣飞驰；桥东道外区江边高楼大厦参差错落，阳光下熠熠生辉；大桥西侧防洪纪念塔巍然矗立在江畔，那条弧形堤坝向人们展示一道坚不可摧的百里长堤。中央大街向南延伸，街道两旁哥特式、拜占庭式的典雅欧式建筑把人们引入东方巴黎。防洪纪念塔西侧高楼比邻相盼，巍巍向松花江铁路桥方向延伸，一座独特的城市——东方小巴黎跃然于人们眼底，松花江铁路桥一桥飞架南北宛如彩虹飞越，伟岸雄姿，让人震撼。两个人驻足在松花江主航道桥护栏前欣赏松花江美景，触景生情。乔俊杰即兴赋诗一首《美丽的松花江》：

晚霞抖落松江，
江面泛起金光。
远看像条彩带，
近观流向远方。

半年后他们结婚了，他们曾手拉手走在村庄田间小道上，引来村中多少羡慕的目光……

　　她眼睛湿润了，她不敢再往下看，哄着小林宝睡觉，窗外雪花大片飞舞，大雪纷纷扬扬像童话世界。看到雪花，她又想起乔俊杰,眼里噙满了晶莹的泪花,辗转反侧稀里糊涂和衣而睡。

　　大雪整整下了一夜，清晨起来推不开门，被大雪封住了。她看着窗外犯愁，只见一个高大身形穿着厚棉袄的男人正用大板锹在院外铲雪。刘英一看是孙晋平，她心里一阵热流涌淌，这个男人看似粗手大脚，为人却心细如丝。他已清除一半雪，看意思不清理完不会罢休。她想到他起这么大早，一定没吃饭，马上点着火下面条，他人高马大，一定能吃，她下了一斤的面，做的是鸡蛋卤。孙晋平扫完雪要走，刘英叫住他进屋，孙晋平头上一层汗珠，刘英拿过洁白毛巾给他擦汗，又坚持留下孙晋平吃顿面条。从这之后，担水、劈柴、干杂活儿，孙晋平全包了，春天帮助刘英播种，夏天帮助刘英铲地除草。刘英和他有说有笑。刘英中午回家做好饭带到地里，两个人一块儿吃饭。秋天孙晋平先收割刘英地里庄稼，而后再割自己的庄稼，刘英和他一起收割。

　　刘九妹常关照刘英母子，又做刘英嫁给孙晋平的工作。一来二去，刘英脸上、身上长了肉，又恢复了当年的俊俏模样。有一次，孙晋平瞅着她说："你长得真俊。"说完低头干活，刘英这时已对孙晋平产生爱意，她走到孙晋平面前说："抬起头，好好看看我，做你老婆你愿不愿意。"孙晋平傻傻地看着刘英，四处看着没有人，抱着刘英的头亲吻起来。当晚，孙晋平装作给刘英送水，没出来。一月后，刘九妹主持婚礼，两个人结成连理。

第二年七月，天上连降暴雨，河里涨水，山泉如注从东面山上往下哗哗流淌，下午山洪暴发，堤坝危在旦夕。刘九妹组织全村人抢险救灾，这是一次百年不遇的大暴雨，山洪倾泻，庄稼将被大水淹没。刘九妹召开党支部村委会紧急会议。经大家商定，在离山谷三里路有道凸出坎，分一波人把坎堵住增高，暂缓急水冲泄，又派一帮人在二道坎处挖沟分流，刘九妹带着一帮人加固拦河大坝，终于把湍流的山水控制住。刘九妹想到了学校学生，她安排商思有领人死盯着河坝，检查大坝蚁穴鼠洞，严防决堤，她带着五个人向小学校跑去。

此刻天已放晴，湍急的水流也渐渐减小，正是放学时候，学生在老师看护下从那座木桥上走过，多年没检修，多年没发大水，孩子们平时蹚着没脚脖子水过河。今天山洪暴发，小桥承受不住众人连续过河，咔嚓一声桥面塌进水中，有一个男老师领着一名男孩过河，掉进水中。男老师先落进水中，没了身影，男孩从桥板上跳下去救老师，跳下去就没了踪影。这时，那位男老师浮出水面，河岸上学生们哭喊着告诉老师，"刘军救你跳下去没影了！"男老师从水中看到正在挣扎的刘军，一把抓住他,把他从深水中提了起来。两位女老师向水中伸去一根竹杆,男老师拉着竹棍上了岸。

此时,刘九妹赶到,水流变缓。刘九妹和老师们背着孩子们蹚水过河,往返接送学生,送完学生,她表扬了那位男老师。他是从牡丹江分来的,从小就会游泳。

春天,山区常有山狸子、野狗出现,对大人、孩子造成伤害。一天,刘九妹从西面偏坡子地往村里走,有一个六七岁小男孩,在路上玩耍,突然有一只大黄狗从树林中窜出来。它耷拉着两寸多长舌头,两眼直勾勾地看着前方的小男孩,小男孩玩得正在兴头上,有疯狗奔他而来却全然不知,疯狗离小孩大约有三十米远。刘九妹发现这一情况时离小男孩十多步远,情况十分危急,她几步冲到小男孩前面,横在疯狗与小男孩中间。小男孩看见那条大疯狗吓得大声哭喊,刘九妹从那条大黄狗的姿态断定它是一条会伤人的疯狗。大黄狗狂叫着:"汪!汪!汪!"惊动了百米外正在干活的父母,两个人发疯般奔向孩子。这时,刘九妹大声呵斥那条大疯狗,她的声尖厉态威慑住了大疯狗。

刘九妹赶忙稳住惊慌的孩子说:"小豆豆,别害怕,大娘来个火飞弹打跑它。"她左手猛地往头上一举,那条大疯狗头一抬看她的空中左手,说时迟,那时快,刘九妹右手大烟袋砸向那条疯狗,就在刘九妹猛地抖动大烟袋的刹那,那大烟袋锅里正在燃烧的一团烟火飞了出去，不偏不倚地飞到大疯狗鼻子尖上一寸处，鼻子湿乎乎，那团烟火粘到大疯狗鼻子上，烧得那条大疯狗嚎叫着转身就跑。刘九妹身后小豆豆破涕而笑，蹦跳着喊：“大疯狗打跑喽。”这时，孩子父亲满军、母亲秀花赶到，母亲一把抱住小豆豆。孩子非但没害怕，指着远去嚎叫的大疯狗“咯、咯、咯”地笑。刘九妹抚摸豆豆头说：“记住，以后遇到事儿别怕，勇敢地去战胜它。”

这时，从山坡上一溜小跑而下的马四爷赶到眼前说：“好悬呀！要不是九妹来得及时赶走大疯狗，这孩子就被咬烂了。轻则咬上一口，那可惨了，那叫狂犬病。五十多年前，也是春天，野狗没啥吃的，跑到我那嫁人的妹妹家的小杨树村头，把我大外甥咬了一口。当时春天忙着春种，没引起注意，第三天孩子就疯了，见谁咬谁。我妹夫把孩子绑起来怕伤到别人，孩子尿尿，尿水里有小狗崽子形状块，憋得孩子第七天就死了。要是放在现在，打狂犬疫苗就能治了。”

刘九妹叮嘱满军两口子，看着点儿孩子，然后向另一地块走去，一边走一边点着大烟锅里的烟。小豆豆告诉爸爸妈妈：“刘大娘会飞弹术，一火弹打在狗鼻子上，那狗被打得逃跑了。”什么飞弹术，满军两口子弄懵了。小孩子之间一传十、十传百地传开了刘九妹会飞弹术。

刘九妹临危不惧、舍己救人，机智、勇敢地打跑大疯狗的举动令人钦佩，人们更加敬重她。

晚间，刘九妹回到家中，丈夫怪怪地把她眼上眼下看了一遍，开玩笑地说："女侠回来了，咱俩结婚这么多年，我咋不知道你会打飞弹术？"刘九妹举起大烟袋开玩笑地说："要不要试试？"说完笑了笑说，"我哪会什么飞弹术，我急中生智先稳住孩子不慌，不离开我身边。当时我也是麻秆打狼两头害怕，怕有什么用，只有上。我不怕，孩子就不怕。我举起左手，让大疯狗分散注意力，顺势举起右手大烟袋砸向那条大疯狗，谁知寸劲儿，一脚踢出个屁，赶上当当，烟锅里那团烟火飞了出去不偏不正地打在狗鼻子尖上半寸，光光鼻子没有毛，那狗鼻子尖湿乎乎黏住了那团烟火，烧得它转身嗷叫着跑远。"刘九妹喘口气，吸了一口烟，把烟锅对着鞋底磕了磕烟灰说，"我也害怕呀，怕没用，遇到突发情况保护好孩子更主要，只有冲上去，宁可自己被疯狗咬伤。"她说完放下烟袋，一边奔东屋走去一边说："我得赶快给妈换干净褥子，别湿了身子得褥疮。"丈夫跟着刘九妹走进东屋。东屋炕上躺着的是偏瘫的婆婆。刘九妹十三年如一日不变样地精心伺候婆婆，丈夫从心底里感谢刘九妹。

黑龙江尚志地区属于历史教科书上所说的第三阶梯，属高寒地区，一年休地半年，六个月吃不上新鲜青菜，只能吃白肉片炖酸菜，冬储白菜、萝卜有限。冬天过年杀口二百多斤重的年猪，剩下猪肉、猪油存在罐子中，因为环境及饮食习惯造成偏瘫、动脉硬化病多于南方，这种特定地域、特定病种在新中国成立后引起党和政府注意。山村人旧社会没有学习文化的机会，新中国成立后，杨九妹领导村民开展扫除文盲活动，但是岁数大一点儿的人记性不好，"白纸画黑道，越看越发闹"，不愿意学。刘九妹上任后，三次举办学习文化识字培训班，村里有百分之八十六的人扫除了文盲，能看书读报，加上广播宣传预防这些高寒病，村民们学到了不少知识。刘九妹牢记没有文化的民族历史悲剧。自打一九四九年十月中华人民共和国成立，我们党扫除文盲的举措多么英明伟大。民族整体文化水平得到提高，多么重要。孝敬公婆是孝道，中华民族代代传承，你今天怎么对爹妈，明天孩子会仿效你来对待你，天下孝为先，必须发扬光大。共产党员更应该有人性，做表率。

刘九妹和老师们商量再修一座水泥桥，老师们都很感激。

一场百年不遇的山洪暴发，淹了河边两岸庄稼，刘九妹又组织补种秋菜。当年秋天，请来造桥专业队伍，在小学校门前小木桥塌方的地方修了一座水泥桥，桥上能并排走两辆车。

又向上级打报告请款加固拦河大坝，在大坝面水一侧铺一米厚大石块。

八九月农闲挂锄，村里开始建砖厂。刘九妹派人去外边砖厂学习请教和参观，又找到设计砖厂的技术人员，一打听单设计费就得五万元，又得请瓦工师傅砌三十米高圆烟囱。去找人的王刚回来一五一十地学给刘九妹听，刘九妹沉思良久，决定带小王木匠去参观，带了一个相机让小王拍下砖窑内外结构镜头，又拍了大圆烟囱和马尾屋架房，而且让小王登上屋顶看马尾屋架结构。小王先前接触过李瑞环那本书，有个概念，刘九妹又通过亲戚找到省建委技术工程师，工程师把一些有关砖窑设计的书籍、图纸赠给他们。刘九妹此行颇有收获。

回来后，刘九妹把书和图纸全交给小王，让他仔细学习，自己设计中小型砖窑，烟囱砌四方烟囱，盖一座马尾屋架房，作为装砖坯的仓库。

小王十分聪明，参照已有的砖窑图设计出自己的砖窑图纸，马尾屋架他一看就会，难度不大，四方大烟囱出烟受限制，圆形好出烟，刘九妹同意这一方案。具体安排刘仁发、商思有、王刚负责施工，技术员是小王木匠，总工程师是从省设计院请的。

修砖窑在一个偏远山村是件大事，刘九妹之所以要修这个砖窑，她算了一笔账，九妹村附近三十里内几十个村子，都面临推倒大坯房，改换一面青房，建砖瓦结构房，因为没有一处砖窑，所以销路不成问题。其一，本村社员以半价批发，省一大笔钱，而且砖瓦结构房会大面积铺开，村庄面貌大变；其二，旧废砖和头窑砖试验品会出现许多不合格砖，用它修村中辅路，砌下水槽，铺在生产队和社员院子；其三，砖窑头一年烧砖可收入支出持平，连续三年到八年纯收入进账，用这个收入建设山村，开发新项目，生产新产品。

为确保砖窑设计图纸和烟囱图纸以及马尾屋架结构图设计准确，刘九妹又带小王进城找到省设计院和省建委一位砖窑设计工程师请教，工程师帮助他们认真修改多处。刘九妹又请这位林工程师在开工之后去现场指导。说开工就开工，挑土方，放线，打地基，又从城里请来七级工匠郭师傅砌大烟囱，同时帮助监工，把住质量关。

砖窑窑顶多处采用拱顶，郭师傅亲自砌了一个入口，三个孔拱，拱孔须做拍模子，一连做五个模型，放在地上，用砖在模型外照模型砌砖，打好水泥封口，一块挤紧一块，那砖需立式砌成拱门形状，两三天后撤掉模子，砖窑洞拱牢牢实实。环型结构拱连拱总计三十六个，拱形底下有炉篦子，分几个口烧煤，火通过拱形流通，上边有出烟道通往那个大烟囱往外抽烟，技术含量很高，比例适宜，多亏有郭师傅和林工程师把关技术施工，用了三个月砌完砖窑主体工程。

这边同步，郭师傅带领小王放线垒砌三十米高大烟囱，砌圆形大烟囱不用外打架了，八八六十四米须放圆线，五层一运砖水泥，在砌起烟囱中间放一个十字木架，上吊一个线坠选中垂直，下线锤尖与事先在打地基时切好的稳固中线相对准，固定一锥式上尖铁锥子，其尖与线坠尖分毫不差地上下相对，烟囱底有烟道出入洞口，可钻进人按时检查两点是否出差错。郭师傅和小王到日益砌高的大烟囱上站立，中间一滑轮上下升降使用，人上下时下边人拉动滑轮上的绳子。上砖一次砌上五层砖，砌完五层再运上五层用砖，五层一放线。大烟囱外一侧有钢筋打成对口矩形框，半米高埋进砖里一根，一直随着烟囱升高逐磴埋成为梯子，留给日后透烟道时人上下用。其进度几乎和主体同步。

接着盖马尾屋架房，即装砖坯的仓库，小王在郭师傅、林工程师指导下加工出屋架，也同步完工，上边是铁皮房盖。十一月，砖坯已运进砖窑和仓库，开炉点火，一次成功。九妹村有了自己的砖窑，出砖时除了窑头、窑尾出点次品，其余砖的质量都合格，主要是这里的土沉实。

自从九妹村建起砖厂，生意兴隆，一天车马不断，更让人兴奋的是，村里一年有十八户盖砖瓦结构新房，三年全村全换成砖瓦结构新房。村子面貌较之附近村质量显著提高，而且一些村民从砖窑买废砖垒起自家院墙。

第二年，小王木匠考上省内一所建筑大学，刘九妹召开社员大会相送，小王为村里做出很大贡献，村民依依不舍。小王带走了村里姑娘孙玉梅。

九妹村在刘九妹的带领下，日子越来越红火，生产队资金越积越多，在有些人眼里村长是个肥差，于是打起了两个月后换届的主意。田富鼓捣儿子参加竞选，他在暗地里做手脚，拿出八千元现金，送给村里五十户人家，每户四口人，这就二百来号人，全村四百九十六人，再断个头，不算小孩，稳打稳拿到二百以上选票，稳稳当当地当上村长。到那时，钱可劲儿花，村里人再送送礼，多好哇！

田富说："刘九妹去县里开会、参观，少说一来一去五六天，她再顺道回婆家住上一天，这段空闲抓紧忙乎拉票，跑到刘九妹前头，凭什么她刘九妹一个女人骑在咱脖子上作威作福？"田富媳妇坐在炕上叼根大烟袋吸口烟，"呸！"吐口唾沫，"我说你都这把年纪了，还能蹦跶几天？别忘了，那年你的小榔头、大愣子饿得哇哇叫，你给杨九妹下跪磕头求帮忙给你弄点粮食。杨九妹下午就给大家伙分土豆、分萝卜、分苞米面。吃水不忘挖井人，你好了伤疤忘了疼。别作了，人作有祸，天作有雨，人哪，得讲良心！"

田富白了媳妇一眼说："那是杨九妹。"媳妇又吸口烟，"呸"地吐了一口痰道："你儿子是共产党员？"

田富从炕上一个高蹦到地上："不是党员咋的，江山轮流坐，别的村也有不是党员当村长的。"他向窗外看了看，"前些日子，咱们乡里那个民政管理员刘云才就是我远房舅爷三小子，我和他通过电话，他说只要全村村民拥护、投票，能选上就能当村长，咱上面有人。"

田老太婆嘴咧得像个瓢："这、这、这，就你家那些不着调亲戚不靠谱，别把钱扔出去喂狗了，收不回来！杨九妹、刘九妹都是好党员，人那心长在肚子里，心里想的全村人，你那心长在筋巴扁子上，你呀，一辈子没干正经事，年轻时候跳二大神，骗吃骗喝，老了老了又折腾上了。"

田富一甩手说："就你这张破嘴，嘚啵嘚啵没完没了，好事也得让你嘚啵坏了。"他"咣"地一声摔门走了。

秦桧还有几个好朋友。他找到牛流子、狗剩子几个私下里在一起嘀咕事的人，一人塞了一百元钱。那几个都是不愿干活的，有奶就是娘，拿人手短，吃人嘴软，又合计几个人到离村五六里路黄风老怪洞开会，派小八子把住洞口，在里边商量拉选票的事。田富从兜里掏出八千元钱，八个人每人分一千元，每人找自己信得过的亲戚朋友给钱，完成任务，每人奖励五百元。这八千元能让村里二百多人投他儿子票。全村四百九十六人，稳操胜券。送走大伙儿，田富背着手，嘴里哼着小调："王二姐我坐绣楼，一阵喜来一阵忧……"旁边窜出一条大黄狗，吓得他"妈呀！"一声大叫，全身激出一身冷汗。

常言说得好，人不都是你一人交下的，白给钱，谁不要，但是给不给你投票那是我的事儿，你田富从来不是什么好饼子，选你连裤子都穿不上，几十年在一个村里住着，谁半斤八两都称得出来。有人将田富拉票用钱买官一事告诉刘九妹。刘九妹说：

"他愿意拉就拉，老百姓心里都有个小九九，让他折腾去吧！"

田富又去乡里给他远房亲戚送了礼，乡民政负责人打保票，"只要你儿子能选上，我帮助做工作，你只管去拉选票，别让人抓住把柄。"田富胸有成竹地回来放出风。

近几个月，乡里领导得到几个村群众举报，有人用钱拉选票，这是一股不正之风。正常选举，不搞歪风邪气。乡党委李书记在全乡机关干部会上严肃提出必须狠刹用钱拉选票的不正之风，并且严肃告诫全体乡干部，不许上下串通一气，搞用钱拉票、收礼，干扰村里选举。并且会后找了五位"群众指名举报"的干部谈话。李书记又和乡长几个人分头到各村视察，以正确方向和实际行动支持全乡正确选举，狠刹用钱买选票的歪风。

李书记特意到土改第一村元宝村及九妹村、大杨树村走访，看望土改老党员。李书记此行鼓舞广大村民，把握这次选举大方向。

选举公布，田青原三十三票，刘振华二十一票，刘九妹以四百四十二票高票当选连任九妹村村长。那真是应了田富媳妇的话，钱打水漂没响声。

实践证明，坚持中国共产党的正确领导，带领广大人民群众走中国特色社会主义道路，才能实现小康。土改时元宝村穷苦农民赵光腚跟着共产党搞土地改革分得土地，当家做主人。

今天杨九妹和刘九妹这些新中国农民，牢记中国共产党建设社会主义新农村的宗旨，一心一意甩开膀子大干社会主义。

正如二十世纪八十年代的流行歌曲《黑土地上尽风流》所唱的：

黑油油的黑土地呀

一眼望不到头

咱黑土地上庄稼汉啊

脸朝黑土背朝天地干呐

父辈子辈含辛茹苦度春秋

共产党来了苦变甜

新中国成立如朝阳

好日子一天一天开始喽

共产党来了苦变甜呐

风吹雨打有奔头

山村一天一变样

小康路上大步走

黑油油的黑土地呀

一眼望不到头

当家做主人的庄稼汉呐

春夏秋冬创大业啊

迈开大步跟党走

好日子一天一天开始喽

共产党来了苦变甜

风吹雨打有奔头

努力实现富裕梦

小康路上尽风流

　　时光如梭，轻瞬来到二○○○年，九妹村已悄然变成砖瓦房和小洋楼村，人们生活变得富裕起来。改革开放二十多年，人们从思想上飞速提高，从行动上已走出大山，与县城、省城相连，人们用手机拉近了与城里人的亲密关系，有几十个人到城里打工，还有到深圳打工的，金贵就是其中一人。他卖山货飞来飞去，头一年大把钱往家拿，老人、孩子、媳妇乐呵呵，媳妇腰包鼓鼓的，逢人就夸金贵有能耐，把山货卖到北京、上海、深圳，还要卖到香港。金贵回村时总要去村长刘九妹办公室讲述山外的所见所闻，给村长提供一些山外改革的信息。二○○三年，他回家次数日益见少，回家就说在外投资，从媳妇腰包掏钱，眼瞅媳妇鼓鼓的钱包快瘪了。媳妇开始警觉，她暗中调查金贵把钱投向何处。有了解金贵的告诉家里老婆孩子说金贵交了一个姓陈的朋友迷恋上赌博，根本没去城里做投资，在林区耍钱，输得一塌糊涂。金贵嘴上会说，三十四五岁，大背头抹得油光锃亮，高鼻梁，大眼睛，薄薄的嘴唇上留着一撮小黑胡子，上身穿一件黑皮夹克，下身兰咔叽布料裤子，裤线熨得笔直。人们都夸男人利索全靠女人打扮，"男人利索，利索一个，女人利索，利索一家子。"他还会吹拉弹唱。这个人爱研究，嘴里吹喇叭，口中藏着哨卡，关键时停下喇叭吹起卡戏，左脚绑着锣槌，右脚绑着锣，两脚中间放着鼓，一人一台音乐戏。只要金贵高兴，一个人便在河边又吹又拉又打鼓镲，演奏《百鸟朝凤》；心情不好时，他在村边老榆树下拉二胡《二泉映月》，如悲如泣。

　　纸里包不住火，他输得凄惨，把衣服裤子当了，灰溜溜跑回家。媳妇黄花是个通情达理的妇道人家，她劝丈夫就此洗手不干了，重操山货旧业或干脆回村里种田。他安静了一阵，架不住那几个耍钱鬼用手机联系，两个月后拿了媳妇首饰、进口手表走了，气得媳妇在家放声大哭。恰巧刘九妹从金贵家门口经过，走进屋劝黄花不要哭了。刘九妹告诉黄花，金贵再回家，"你告诉我，我找他好好谈一谈。"

　　嘿！别说这回金贵开着一台摩托车，穿着那身皮夹克，后背挎着双肩黑布背包，包内鼓鼓囊囊半夜开进院子里，飞身下了摩托车，悄悄把背包藏到屋外砖烟囱烟道中，手里提着个小皮箱开门走进屋里。他刚想开媳妇的门，被站在东屋门口的老爹喊住了："你上我这屋里来一趟。"他对父母十分尊敬，很少还口，父亲小声训着他，母亲埋怨他，他坐在炕沿上不说话。骂也骂了，说也说了，儿子还是儿子，二老还是心疼他半夜回来。金贵从小箱中抽出一捆一万元新钱放到二老炕头上，开门走了出去。灯光下，媳妇披着衬衣站在西屋门口。金贵一把把媳妇拉进屋里，关上门，把小皮箱打开，里边是二十捆一万元的新钱，又从衣袋中取出两副金镯子和两根金项链塞给媳妇，亲了亲媳妇脸脱衣搂着媳妇关灯睡觉，炕梢两个孩子在熟睡中。女人对丈夫发狠心骂丈夫，可当丈夫把那么多钱和首饰全给了她，知道丈夫心中有她，她就心软了，加上金贵甜言蜜语宽慰，那恨早就飞到九霄云外了。

金贵已几天几夜没睡好觉，他睡得正香，媳妇早早起来做饭，一儿一女要上学，点着灶膛干柴，往回倒烟，她怎么用嘴吹，那烟就是不往风道里钻。她想可能是外面烟道堵了，就开门走到东头烟道打开砖盖，见里边塞着一个双肩黑布背包，她提出来拉开拉链，里边全是钱。她又好气又好笑，她把背包提进屋里外地厨房，找个小麻袋把钱塞进袋中，又一想不妥，把零角钱放进背包中，又找了一叠报纸和花花纸装进背包中塞进烟道，用打火机点着，那火呼呼地把背包烧着。她一想得留点纪念，她看火着得差不多，背包一角只剩几个零角钱，用扫帚拍灭，确认不会燃烧，盖上砖盖回屋做饭。两个孩子大虎、小云吃完饭背着书包高高兴兴上学去了。她犯了嘀咕，这么多钱放哪里好，她想到小云小时尿褥子没扔，派上用场，就掏出旧棉絮，把钱装进褥子，外边薄薄两层布，放到屋内不显眼地方，又把那二十万元现金装进一个纸盒箱中，放到外屋厨房木棚板上，坐在炕梢纳起鞋底。

金贵一觉醒来，伸了个懒腰坐起来穿上衣服。他讨好地凑到媳妇跟前拿过鞋底看了看说："看看我媳妇，这手艺比我这双小手能干，瞧我这双小手，白净净，不粗不细，打牌九不用翻牌，用手一摸，就知道几个点。"媳妇抢白他，"那又能怎样，把家要得是砸锅卖铁、叮当摇铃。"金贵不好意思又有理由地说："那不给你一箱大白边吗？打人不打脸，说人不揭短。"他去洗脸刷牙，媳妇把饭菜端上来，两菜一汤一粥。金贵让媳妇吃，媳妇说和爹妈吃过了。金贵大口大口吃着饭，不时地和媳妇开两句玩笑。吃完午饭，他心里惦记着烟道里的钱，借口去茅房，走到烟道前四处看看没有人看到，农村居家过日子，两户相邻时，近邻也要加上一人高的木头栅子，一般互不监督，自己过自己的日子，所以没人看见。他快速打开烟道砖盖，顿时傻眼了，头上呼呼直冒凉风，只见烟道中一堆灰，那背包只剩一个角，几张半拉不齐的零钱躺在灰堆中。他来了火，可又一想这不怨媳妇，媳妇也不知道他把钱藏在烟道中。他用手扒拉扒拉，扒拉出几块小报纸块，他忘记了里边装没装报纸，也许输钱主预先装进报纸的，低着头走进屋里叹了一声长气，倒在炕上睡着了，自认倒霉。

太阳已经下西山，金贵心烦，到河边大榆树下拉起二胡。其声悲悲切切，如啼如泣。金贵一脸悲伤。

刘九妹听到二胡声低婉悲凉，知道金贵输钱回家了。刘九妹走出家门，来到金贵面前。金贵一看是村长，停止手中的二胡和刘九妹打着招呼。刘九妹没有单刀直入，而是夸金贵媳妇黄花人好、勤快，一个人春种秋收，累得腰酸腿痛，和他生气，得了鼓胀病，总打嗝。刘九妹说："你要在她身边多照顾她，咱村两三个媳妇早早走了，扔下孩子没人管，孩子老人都遭罪。"话虽不软不硬，但说到金贵心里，金贵流下眼泪，他把钱放烟道中被媳妇早上做饭烟火烧光了的事告诉刘九妹。刘九妹替他惋惜，间接地批评了他，"这就是你的不对了，不该背着媳妇藏钱，两口子过日子，要推心置腹，哪能藏心眼？"金贵说："我本想这回赢了那么多钱，就此金盆洗手，却……"刘九妹就他要钱的事严厉地批评他不务正业，就此打住，安心在家种田，照顾好家人。金贵发誓再也不要钱了，刘九妹才起身回家。

金贵目送刘九妹村长远去，他从心里敬重她，他不在家，生小虎时媳妇难产，是刘九妹帮助接生，他记在心里，所以村长刘九妹批评他，他默默地接受。刘九妹为人公道，她平时手里拿一根二尺来长烟袋，玉石嘴、铜杆、钢锅，吧嗒吧嗒抽烟。一双大眼睛长长的睫毛，眼珠能穿透人心，嘴上说话一针见血，心中有韬略，记忆力超人，村里谁家生孩子，叫啥名全记得，村中过往事儿记得清清楚楚，全村人都服她。

天色已晚，他才提着二胡往回走，他把钱兜放进烟道烧没了的事儿告诉给媳妇，媳妇佯装大惊，埋怨他几声。有的人会装，把假的说成真的，有的人一装就露馅。金贵绝顶聪明，他从媳妇的神态中捕捉到宝贵信息，他佯装不做声，说睡觉，装作心情不好的模样躺下睡着了。第二天，媳妇照常下地铲地，她心疼丈夫让他多睡一会儿，丈夫昨晚海誓山盟地承诺金盆洗手，让她打心眼里高兴。

金贵等媳妇走了，在屋里一顿找，他看到小云小时尿膜的被褥，用手一提特沉，一摸，媳妇把钱藏在这里。他用塑料袋装上钱，去地里给媳妇送了一壶开水，说他骑摩托去县里割几斤肉，买点新鲜竹笋和水果晚上吃，再给二老买点糕点。媳妇乐呵呵看着金贵骑摩托车走了，一直到天黑也不见他踪影，她突然醒悟过来，赶忙去摸小云尿膜的褥子，里面硬邦邦的，但又一摸整个褥子，感觉里面一大块相连。她拆开褥子，原来里边塞了一沓报纸，她又去厨房搬凳子看纸盒箱子里的钱，确认没动。她拿出来交给二老："爹、娘，这些钱你们二老收着，咱日后靠着它生活。"老太太让老头放起来，老头用猪尿泡①装钱，在外面抹上猪油防湿。

媳妇一上火，鼓胀病加重。

金贵这次在大山里要了一个月。林区有人揭发在林场职工住宅区有四个人要钱，林区公安去抓他们，他们事先得信儿跑了，公安扑了个空。

这四个人跑到大山里要起来，有一处看林木头房子，进屋地上放了一口棺材，一张八仙桌摆在地上，桌上摆着炒的四个小菜，还热乎。四个人也饿了，索性吃起来，吃完喝完就坐到热乎乎的炕上开要，几圈牌下来已近子时，人发困，四个人低着头看着自己的牌。这时棺材盖被轻轻推开，从里面爬出个"死倒"，他一身白衣，脸上涂着白油，看上去让人胆战心惊，毛骨悚然。他双脚合并一蹦一蹦地到几个人跟前，站在靠炕沿那个人的后面看四个人要牌。过了好一会儿，金贵一抬头和地上站的人双眼对视，金贵大叫一声："死倒！"那三个人把目光一齐投到那"死倒"脸上，金贵起身跨步来到那"死倒"面前，双手死死掐住那"死倒"，"死倒"抱紧金贵双腿。另三个人起身跳窗户就跑，韩老八又胖又笨，胆子又小，从窗户往外爬，衣服被窗棂子刮住，他吓得尿裤子，大声喊叫：别抓我呀！一用力把窗棂扇子拽下来挂在背后丢当地跟斗把式地跑到院中。

① 读作 suī pāo，民间读作 chuī peng。

跑出几十步，其中一个人说："不好，金贵一人仗义揸住'死倒'，咱们哪能跑？"说完，每个人各捡起一根棒子分头从窗户、门冲进去。只听金贵口中喊道："你们快来呀，你们快来呀……"

那"死倒"见一人一根棒子举了起来，忙说话："别打，我是盲流子！"大伙才收回棒子，只听金贵骂了一声，"我操你老奶奶！"他狠狠给了盲流子一记大耳光，弄了一手掌白油漆。盲流子埋怨说："你两只手都抓进我骨头里了，还打我。"

原来盲流子听到林场警察要抓他们，他前往报的信儿，他也爱耍，手里没钱，他跟着他们四个钻进大山。他熟悉这儿的环境，先进屋炒菜吃饱喝足了钻进棺材。他心想吓一吓他们，他们必落荒而逃，桌上的钱就全归他了，他来个恶作剧。没想到，被他们识破了。

为了将功补过，他用带来的肉和菜又做了几道菜，哥几个有说有笑喝到大天亮，睡了一会儿向大山外走去。

再说九妹村金贵爹把猪尿泡①外刷层猪油，招来耗子把猪尿泡咬碎，吃完开始咬钱吃钱。晚上耗子叽叽直叫，在天棚上打闹，老爹开始没加理会，后来他觉得不对劲，耗子在他放钱的猪尿泡那块儿打闹两天了，他推开天棚板傻眼了！老两口子一口气没上来，不到一个小时全走了，媳妇一着急上火，鼓胀病也加重了。金贵回来大哭一场，被赶来的大哥狠狠地抽了一

① 读作 suīpao。

记耳光。

　　媳妇鼓胀病加重，半年后扔下一双儿女也走了。金贵和媳妇感情好，他撕心裂肺地哭了一场，把媳妇送走。

　　回到家中看着两个孩子想妈妈哭成了泪人，他心里阵阵自责，刘九妹和妇女主任来看过他们几次。刘九妹苦口婆心地做了金贵工作，他点头发誓不再耍了。

　　这时，从山东来一对夫妻要租房，男的姓高，女的姓梁，金贵把西屋租给了他们。小高做着弹棉花生意，媳妇在家看家。金贵和他们处得很好，那姓高的喝醉就骂媳妇，有时打媳妇，金贵看不顺眼常常劝劝。小梁子十分感谢金贵。金贵把两个孩子托付给她，把地包了出去，没媳妇管了，又开始和勾搭他的死党联系，外出耍钱，告诉小梁子说去外地做生意。二〇〇三年下半年时，人员流动频繁，做生意说走就走，抓不着看不见，流动人员自由度大，村里很难控制住他们。金贵回来就给小梁子钱，开始小梁子不要，金贵说："给你钱是给我孩子买菜、做饭、洗衣服、零花钱用。"两个人一来二去有了感情，加上小高喝酒越来越没节制，开始还能挣点钱，前村有个小寡妇勾搭他，经常夜不归宿，住在小寡妇家。小梁子知道小高在外面有了人，常常自己流泪。金贵心里心疼，小梁子差不多一米五六高，胖乎乎，赤红面子脸，一头黑发，大眼睛，红嘴唇，很讨人喜欢。金贵对她动了真感情，小梁子劝他别耍了，他往心里去。可是地包出去，他不能总坐吃山空，又重操山货行业，生意做得很顺，回来就给小梁子钱，两个人发展到了一块。小梁子和金贵商量离婚后嫁给金贵。

　　小高挣的钱不够小寡妇花，小寡妇烦了，找人把他一顿胖揍。小高鼻青脸肿地回到家，发现金贵往小梁子兜里塞钱，他很生气，讹了金贵一把，说："只要给我三千元，你俩怎么好我不管。"金贵钱来得容易，就按约付给小高三千元钱，小高又外出弹棉花，也不打媳妇了，好言好语打动小梁子。一天，金贵外出北京运山货，临走和小梁子亲热一番，留给小梁子一千元钱放心走了。小高撒谎岳父来信儿，岳母病重，领着媳妇溜了。

　　金贵回来不见小梁子，一问孩子，孩子说梁姨妈有病和高姨夫匆匆走了。小梁子的走对金贵打击太大，他又要钱，谎称做买卖，把孩子托付给邻居。因为金贵学好，邻居就同意帮助照顾孩子。刘九妹常去看孩子，帮助缝洗衣服。

　　金贵回来了，带回来一位周寡妇。那周寡妇为人泼辣，专盯着金贵衣袋里的钱，给两个孩子做饭就是对付，孩子上学一走，她就做好吃的自己独食。她还时常打骂两个孩子，孩子不敢告诉爸爸。有两回被刘九妹撞上了，刘九妹狠狠批评了她一顿。她哑言无语，自知理亏，后来愈加变本加厉地折磨两个孩子，打得脸上、身上青一块儿紫一块儿。一次，周寡妇打两个孩子被金贵撞上了，给她一顿胖揍，拿刀追着要杀她。周寡妇吓得跑掉了。

金贵自责，这时沟洼村的前妻老岳父捎来信儿，让他送点钱，家里出了大事。金贵十分敬重岳父岳母，哪年年节都大包小裹领着两个孩子去看二老。这次去岳父家，金贵不放心两个孩子，担心周寡妇趁他不在家来欺负两个孩子。他找到刘九妹说明实情，刘九妹见他浪子回头，爽快地答应了他，"你放心去吧，两个孩子我来照顾，不许要钱。"金贵对灯发了大誓走了。

金贵骑自行车来到岳父家，一进门看到二老双双躺在炕上，一个半身不遂，一个老年痴呆。走进西屋，小舅子躺在炕上成了植物人，只有小舅子媳妇郑净是一个好人。她一见金贵放声大哭，一五一十说给他听。

"爹妈病了一年多，爹能说话，妈不能说话，我和程昆两个人换着伺候。五天前程昆从地里往回拉高粱头，从三米高的车上大头朝下摔下来，头跌在一块石头上，流了一摊血，成了植物人，我实在无着无落让爹给你捎话送点钱来。"金贵二话没说从衣袋里掏出两万元给了郑净："你早就该给我捎信儿。"他说完担起水桶去井里打水，到了井边，前面有三四个人排号，他岳父家住沟洼村，至今不太富裕，全村仍在使用笨井打水，利用这个空时，他掏出手机给刘九妹打了个电话，汇报一下这儿的糟糕情况。刘九妹安慰他只管放心在那伺候二老和小舅子。金贵从此和小舅子媳妇伺候三个病人。金贵给二老洗身子、换尿布、喂饭、倒屎倒尿，不厌其烦，又和小舅子媳妇一块儿照顾小舅子。小舅子媳妇心里十分感动，姐夫长姐夫短地叫着，脸上露出笑容。金贵经常买鱼、肉、副食。因为吃得好、心情好，郑净的脸上充满血气，光泽圆润，再加上本来就年轻漂亮，结婚三年没生过孩子，是那种农村老人、男人喜欢的粗腿大棒体形，是越看越招看的那类女人。金贵没事坐在西屋看看植物人，看看这个小俊媳妇，长长叹一口气，难为她了。

　　一晃三个月过去了，金贵想回家看看孩子。郑净一听毛了，她拉着金贵的手死活不让他走，他这一走说不一定不回来可怎么办，情急之下，她一头扑在金贵的怀里哭起来。胖乎乎、肉乎乎的柔软女人身子扑在他的怀中，他轻轻抚摸她的肩头，用右手抬起她的下颏，一双水灵灵的大眼睛扑闪扑闪，那双黑眼睛像两颗黑葡萄，鸭蛋圆脸，脸颊上挂着泪花，让人打心眼里往外心疼。他要走的决定动摇了，一咬牙说："不走了，陪你行吧？"郑净激动地流下眼泪，她大胆地用双手抱住金贵的脸狂热地亲吻他的嘴。开始金贵一愣，继而紧紧搂住郑净亲吻起来。一个干柴，一个烈火，又情投意合，两个人走出西屋在厨房亲热起来，晚间两个人睡进郑净的被窝，炕头的植物人一动不动。

一个月后，两位老人先后走了。金贵身穿重孝，花钱隆重地把二老发丧了。沟洼村全夸金贵和郑净。

从此，两个人住在了东屋，恩爱如新婚，在屋里不拉手不说话，吃饭睡觉都要先亲吻一次。两个人一块往地里送粪，一块儿刨高粱茬子。这期间金贵回家待了三天，他用手机撒谎告诉刘九妹，老头老太太见好，他还得去护理，刘九妹信以为真。浪子回头金不换，挺有人情味。金贵骑车返回沟洼村，他去县城给郑净买了胭脂，两套新衣服，把媳妇留下的首饰拿给了郑净，两个人更如胶似漆，形影不离。

三个月后，小舅子死了，两个人给小舅子厚葬，把房子卖掉，地包给村里人长种，一次收了五年租金。郑净家有辆四轮车，金贵开着四轮车拉着郑净回到九妹村，他们千恩万谢刘九妹，给刘九妹送礼，刘九妹没收。后来，刘九妹做媒，春暖花开时他们结了婚。当天下午，金贵来了高兴劲儿，在院子中一个人又吹又打又拉演了出戏。那郑净嫁给金贵恋住了金贵，金贵变好，加上刘九妹掏心窝子劝，改好了。那真是：

　　浪子回头金不换，

　　从此不踏要钱关。

　　感恩村长掏肺腑，

更爱娇妻回头岸。

　　五年后，金贵一儿一女考上省城大学。大家都夸郑净贤淑，她平时爱穿一双小白鞋和天蓝色袜子，脸蛋擦着胭脂，红嘴唇，上身穿一件天蓝色大襟小褂，下穿条格纹大长裤，裤腿离地半尺，下地干活也干净利索。远远就能听见她娇滴滴地喊道："金贵……快来呀……"岁数比金贵小的小伙、姑娘见她面都会学她："金贵……快来呀！"她一边追打，一边笑着说俏皮话。

　　过了腊月二十三，转瞬来到二〇〇七年大年，全村村民喜笑颜开置办年货，今年收成不错，九妹村在县里一直名列前茅。

　　单说村子东头有一户姓魏的人家，男掌柜的今年三十六岁，叫魏可，就爱出风头，不管谁家结婚，他总爱主动凑上去帮助炒个菜，能吃点小灶。村里人面前人模人样说好听话，回到家中就爱耍邪风，尤其是家里没钱了，到爹妈家拿着就走，爹妈说他几句，他张口大骂爹妈，村里人骂他畜生。为这事儿，刘九妹训过他几次，他表面听了进去，心里打拨浪鼓。去年秋天，媳妇下雨天从山坡往下走，脚下一滑，哧溜一下把脚崴了，坐在地上不能走路，村里二成子从身边路过，见状哈腰背起嫂子下山，送到家门口。他看见媳妇让人背着，还托着屁股送回来，他就想到邪处。等二成子走了，他来了能耐，大嚷媳妇和二成子搞破鞋，揣起老白干，倒了一大杯，就着花生米一边喝酒一边骂着媳妇。媳妇怎么说也不行，媳妇脱下袜子，脚肿得像小馒头，他还继续骂。二成子和他是表兄弟亲戚，媳妇气得号啕大哭，婆婆听到来骂他几句，他一把揪住妈的头发"啪啪"打了好几巴掌，这时爹赶来操起大棒要打他。他松开手一个箭步跳到院中和爹妈对骂，爹气不过骂他，"早知你这样，生下来就掐死你。"谁都没想到他会说："你那是为了我？你们图意舒服。"看热闹拉仗的都骂他是活牲口，爹妈气哼哼地回到家中放声大哭，跺脚捶胸。

第二天，他像是忘了，去爹妈家把仅有的几个鸡蛋拿走，回去炒菜下酒，从结婚到他的孩子十三岁，他就这样一步步、一次次啃老人、抢老人、骂老人、打老人。刘九妹多次亲自登门劝他，刘九妹一去他就软了，刘九妹一走他又来了劲，连大队民兵连长、乡里警察都拿他没辙，他又没犯法，不能抓他送拘留所。

大年三十，他又发疯，媳妇劝他今年过个好年，行行好吧！刚才看到二成子，又想起去年秋天二成子背他媳妇的事，晚饭吃得早，他喝了一杯白酒，又叨叨咕咕、骂骂咧咧地找事，媳妇孩子不敢吱声。子时，四外村子陆续响起了轰隆轰隆鞭炮声，村里几家跟着放炮、放花。他拿一挂鞭炮在自家屋里点着，一时间鞭炮在屋内乱崩，吓得两个孩子和媳妇躲在角落。他口中骂道："我让你穷，崩死你！"放完一挂鞭炮，他提起纸灯笼走出家门，今年万年历显示财神在东北，他却奔西北方向迎财神，走出村子半里多路，在前边高坡上出现一个全身毛乎乎的怪物，有两米来高直奔他而来。就在他一怔时，脸上挨了左右开弓两记大耳光子。"妈呀！"他吓得扔下灯笼撒腿就往家跑，跑进屋中急忙把外屋门栓插上，哆哆嗦嗦地瘫倒在地上。媳妇和孩子把他抬到炕上，妻子发现他脸蛋上有两个大巴掌印子，他吓得披上被子，一宿没敢把头拿出来。

那头巨型怪物是什么？为什么要打他？魏可说那是太岁，人们怀疑。其实打魏可的人是大成子，是魏可妈的娘家侄子，此人身高一米九，膀大腰圆，浑身有用不完的力气。魏可动不动就打他姑妈，他憋足了气，想找机会打魏可一顿，鞭炮一响，他就在离魏可家二百米远处大树后盯着魏可，他见魏可向西北方向接财神，他大步流星赶到魏可路过的山坡等魏可。他将大皮袄的毛皮朝外，大狗皮帽子翻过来戴，一双手戴上毛皮手套，脸用毛皮套套紧。魏可一步一回头前行。大成子从山坡冲下，狠狠地给了他两记耳光，魏可胆很小，只能在爹妈、老婆孩子面前耍大爷。这两记耳光打得他病了三个月，他认为是太岁下山显灵，大年三十人都去东北方向迎财神，去西北方向只有他一人。没人看见大成子打他。这事儿成为"不解之谜"。

大成子这一巴掌打得魏可再也不敢打骂爹娘。人们都去庙里上香拜佛，其实家中爹妈就是两尊佛，打骂爹娘人减寿。四十七岁魏可就暴死了。俗话说得好："人不报，天报。"一个阴雨天，他从外村回来，路过一棵老榆树，他在树下躲雨，天上雷鸣电闪，一道电光、一声惊雷把树劈去一半，他被烧焦。村里人都说他该死。

刘九妹已连任六届九妹村村长，她坐在灯下翻看着相册里的获奖照片，一个奖状一段难忘故事，几多故事串连三十年难忘岁月，她和村党支部成员共同奋斗，与全村村民共同建设美好家园，曾克服多少千难万险，把这个不算富裕的山村建设成富裕山村。她感谢老大姐杨九妹，杨九妹把铺好的路交给自己前行，扶上马，送一程，自己也应该退下来让给年轻人。她心想选好的金九妹很理想，自己应该像杨九妹一样把金九妹扶上马，送一程，社会主义千秋大业要一代一代往下传承。

北国六月风光掠影

一辆白色大吉普飞驰在 301 国道上，车内金九妹驾车，副驾驶座位上坐着丈夫陶冶。下高速公路，向左转弯上了村间水泥路，车内放着流行音乐，前面出现绿树成荫的九妹村。金九妹突然喊道，看！妈在村口等我们。

阳光下，刘九妹向这边招手。车离刘九妹五米远停下，金九妹匆忙下车扑向母亲怀中。陶冶下车笑着瞅着娘俩亲热劲，掏出手机拍下这难忘的一幕。

刘九妹家

刘九妹打开冰箱往外拿鸡、肉。

陶冶拎着活鱼、活虾、北京烤鸭、发好的海参。刘九妹说：又拿这么多贵重吃的，几天前拿的还没吃了，哎！我那大外孙子怎没带来，想死我喽！一天看八遍照片、视频，看不够，要不人说：姥姥疼外孙，胜似攒金子。金九妹身前身后围着妈妈转，嘴里说：春晖由爷爷奶奶陪着上课，来不了，回去你俩多发视频。每一次娘俩唠不够的唠。

刘九妹家窗外

两声炸雷震耳，紧接着豆大的雨点劈啪下起来，继而瓢泼般哗哗地下起来，劈雷闪电，整个天像口硕大黑锅倒扣在九妹村上空。

刘九妹穿上雨衣，金九妹问：你去村民委员会？刘九妹点点头说，这大暴雨要是下三个小时，咱九妹村在低洼处，三面环山，一面丘陵，山涧水下泄就会成灾，我得组织村民救灾，你俩在家休息。金九妹给了丈夫一个眼色，披上外屋墙角放的塑料布随刘九妹冲入暴雨中…

九妹村村民委员会

刘九妹让孙大爷广播：（用东北方言）全体村民注意，身强力壮的男人马上到村民委员会来，妇女们、岁数大的、孩子们在家中，不许出去，这大风雨刮的老大老大的啦，地溜滑溜滑的，大家可要注意安全！连广播多遍，男人们陆续到来，青年妇女也到来。刘九妹放开嗓子大声说：已经有多年没下这么大的雨，这次山洪会爆发，抗暴防洪十分重要。

第一组：由副村长刘心升带队，领十人风雨中巡查九妹村，发现猪、马、牛、羊马上去赶回圈；

第二组：卢峰治安主任带二十个人马上去大坝护堤坝，细心发现鼠洞、蚁穴，马上堵上，反复巡查，人间距十米，相互照顾，保证安全。

第三组：由妇女主任袁亚芳带十人马上去河对岸小学校帮助老师看住孩子，不许一个孩子到室外。

第四组：齐会计带十五名青壮男人去看护山水下灌的侵蚀沟，保护好水泥侵蚀沟，发现冲坏侵蚀沟引水下泄，尽量减少土地损失。

第五组：商五叔领着老头老太太在村民委员会看护，烧姜汤，大伙回来喝。

五队人马走后，屋里还剩十五六个年轻人和中年人，刘九妹把大烟袋锅磕向鞋底，派五个小伙子，你五个联系五个点，有啥紧急情况马上向我汇报，我就在村子前二三里河边巡视。

金九妹佩服母亲临危不乱，思路敏捷，条理清楚，有条不紊。她向丈夫一使眼色跟母亲冲进暴风骤雨中。

到河边，刘九妹有意锻炼女儿女婿，让他俩和其他五人过桥巡视，自己领五个岁数大一点的人在河南岸巡视。

兰马河

兰马河不宽，河床平时十多米宽半米深，一条小河从村后哗啦啦流向前方。今天它像一头发怒的狮子，横冲直撞，多股山上水汇聚到这条小河，山上树枝、树叉子，甚至一尺粗的圆木被水冲下山掉入河中。一些树叶、杂质被山上洪水冲入河中，滚着向下游冲去。河面已有四十米宽，河水湍流像一头猛兽怒吼着向前滚去，势不可挡。

南岸刘九妹和其他人间距三十米仔细寻找落河漂物。突然老孙头猪圈大门哐地抛开，一头白母猪伸头往外看。房上被风掀起一片瓦片随风刮下来"咚"地砸在那头母猪后背上，它一惊跳出猪圈，大水已把猪圈侵满，那头母猪蹿进河中。老孙头从门玻璃窗上看见猪蹿进河中随河下漂，老孙头跳进河里顺水追了下去。

一根尺八粗五米树段在老孙头身后急速下流，情况十分危急。刘九妹跳下河一把抱住树段尾部，树段在前顺流水急走，她用双手抱住那树段尾部用力拨动树偏离老孙头后背。岂料刘九妹身后追来的又一根六米长、一尺粗树段"咚"地重重地撞击在她后背上部和颈椎部，前面树段重重地顶在她胸膛，她吐了一口鲜血昏迷过去。河对岸陶冶发现跳进河中抱住母亲游向对岸，金九妹和另外几人跳下河游向对岸。

刘九妹醒来，口往外流血水，金九妹一边喊：陶冶快背妈开你车咱们去县医院。刘九妹一把抓住她，把手机交给女儿说：你替我在这儿指挥，代我处理应急事情。说完让陶冶和另两个人背走了。

抗洪现场

金九妹一边抹泪，一边目送陶冶背着母亲消逝在暴风雨中。

电话铃一阵阵急促响动，金九妹接电话：刘书记，大坝水已漫上大坝，怎么办？

金九妹当既命令：用草袋灌泥沙增高，一会儿我带人过去！

前面跑过来刘四大声说：九妹，树叉子、脏物阻住桥孔，水往高涨，水从桥面流过去。

金九妹跟着刘四跑向西边半里远的水泥桥。

但见水泥桥下三个孔洞全被杂物阻塞，五六根大树段横在桥的东侧，水从桥上流过。形势十分危险，东来河水压迫桥身会把水泥桥掀翻，河北面学校里的孩子上下学又得蹚水过河。她叫刘四、王五、张六、李二快回家拿二齿子扒开阻塞物，让河水顺畅流淌就没事了。又让几个人各带一根大粗绳子，拴在四个人腰上，在岸上南北拉住大绳，保证人们安全。一会儿四人赶回，按金九妹的方法把圆木段搬上岸，把树杈子和脏乱物捞上岸，河水通畅地从三个孔下流淌。

金九妹手机又急促响起：刘书记，发现三处侵蚀沟断裂，水从断裂处往外流，冲出一米深沟，怎么办？把断了的下半截断开，让水直接冲到水泥槽里往下流，减少冲大面积土地。金九妹赶到大坝指挥增高草袋，周密部署、紧张有序进行生产自救。加强夜间巡查，排除险情，淤泥堵塞就合力清扫，农民心里由衷地欢喜。

穷棒子村没被暴风雨打倒。在金九妹和村干部们的带领下，顶住了暴风雨。

先后八次电话报急，金九妹不慌不忙处理，显出不凡的领导才能。

半小时后雨过天晴，金九妹让各路人马回村民委员会喝热姜汤，派卢峰领着人巡视大坝，以防万一。她让刘四回家开车拉她去医院。

县医院急诊室

急诊室外，金九妹焦急地透过窗户玻璃往里看，眼泪忍不住往下掉。陶冶楼上楼下办住院手续。

急诊室门开了，刘九妹被推出来，打着吊针。她见女儿流眼泪，用手摸着女儿的手轻轻摇头。301是个单间，金九妹告诉妈妈，抗暴风雨已结束，刘九妹脸上露出笑容，紧紧握着女儿的手。

大夫走进来轻声说：谁是患者家属？金九妹和陶冶应声随着大夫到主任医师办公室。大夫说：病人被重物前后重重撞击，脾、肝被震裂，颈椎重度致伤，最多还能活一二个小时，你们赶快准备后事吧。

如五雷轰顶，金九妹当时昏了过去，大夫忙掐她人中穴，金九妹缓了过来踉踉跄跄跑进刘九妹病房。

县委马书记、县委副书记、镇党委李书记正在病房探望刘九妹。刘九妹忍着疼痛示意金九妹把病床摇高一点儿，她半躺半卧拉着女儿的手认真地说：九妹，当年我就是这样，从累倒的杨九妹手中接过穷棒子村党支部书记、村长工作，杨九妹是为咱穷棒子村脱去贫困累趴下的。她语重心长地对金九妹说，你再苦再累，都不要气馁，一定要领导村民脱贫致富。我们从最贫穷中走来不能再过穷日子，你带领村党支部干部，同村民一道走富裕之路不能动摇。

刘九妹喘口气接着对女儿说：妈这么多年不敢忘记入党宣誓初心，一心一意领导村民战天斗地，克服千难万险建设九妹村。我知道我活不了多久，我和你杨奶奶流血流汗走到今天，脱贫已进入瓶颈状态，不能把党支部书记、村长这么重要的职位交给没有责任心的人。

她目不转睛地盯着金九妹好一会儿，又把目光转向陶冶说：我已和县委马书记、镇李书记商量，把九妹村党支部书记、村长交给你，我是你养母，为了九妹村和你，我一辈子未育，妈妈求你这一件事儿。说完她闭上眼睛，开始艰难地呼吸。金九妹转身看向丈夫陶冶，陶冶点点头。金九妹紧紧握住妈妈的手，转脸向县委马书记、镇李书记点了点头，贴近妈妈耳朵说：女儿答应你的要求。

刘九妹睁开双眼，流下两滴眼泪闭上了眼睛。

县委副书记、镇党委李书记、县委组织部干部陪金九妹回九妹村上任党支部第一书记，代理村委会主任（待村民大选时重新选举）。

金九妹的到来给平静的九妹村这池静水扔进一块巨石，惊起一湖波澜。

刘九妹家中

夜阑人静，明月高悬，繁星闪烁。

金九妹坐在办公桌前在日记本上写道：

九妹村七十多年沿续单一品种种植，要改变，要多种经营叠式发展，形成多种形式产业链，精准扶贫，集体脱贫致富。

七十多年暴风雨侵袭，河水山水泛滥，出现三代九妹率村民抗洪。莲花湖必须根治。村四周要兴建二十五千米长，二米宽钢筋混凝土导流渠，一劳永逸。

首先引导村民学习用电脑，开阔视野，与大山外接轨，人人当老板，家家开电商。

刘九妹遗嘱，选金九妹当第三任九妹村女村长。刘大舅、商二叔、秦猛坐在村委会外空地上唠嗑，评价刘九妹三十年功绩。

一九七八年，刘九妹接任杨九妹的村党支部书记、村长工作至今三十年，她带领九妹村全体党员领导村民大干社会主义，克服千难万险，取得一个又一个胜利，成绩斐然，总结归纳起来小事上百，大事十二项：

一、执行党中央的决策不动摇，同党中央保持一致，带领村党支部全体党员率领九妹村广大村民大干社会主义，改变全村面貌。

二、村容村貌大变样，纯一色砖瓦结构房，有三十八户盖上两层小洋楼。

三、全村衣食无忧，从有基本保障到开始追求高质量生活。

四、全村公路铺上水泥柏油路，连上山下山路也全铺上柏油路，直通山外公路。

五、全村安装半自动自来水，使用燃气炉灶，不再烧煤污染环境。

六、防洪大坝修上一劳永逸的水泥钢筋大坝，大坝湖中养鱼，湖畔栽种杨柳、花草，茶余饭后村里人去走走，享受温馨气氛。

七、人均寿命提高十岁，七十已不算高寿。

八、九妹村从贫穷困境中走出来，变成日益富裕的社会主义新农村，一些人家中已有存款，贫困户仅占百分之四左右。

九、村民精神面貌发生根本转变，耍钱浪子变山货能手。有思想、有抱负、有理想的能人开始选项经营，势头旺盛，村里人创业劲头大涨。

十、小学校舍变楼房，城里老师、大学毕业生来九妹村任教，教学质量提升，村里考上县里重点中学的学生多了，考上国内重点大学的学生也多了。

十一、私家车走进村里平民百姓家，过去连想都不敢想的事儿发生了。

十二、九妹村连续多年被县里、省里评为"先进模范村"。

商二叔接话说："经济富裕带来九妹村人逢喜事精神爽，国家强大是老百姓的福，好好生活是梦想，九妹村扬起风帆奔小康。"

不知什么时候，全村人都集中到他们周围，听他们总结九妹村的获得感。金九妹也在其中，她兴奋地说："九妹村六十年巨变，是杨九妹、刘九妹老一代共产党员和全村人共同奋斗的结晶，我们在前人种树基础上再开拓一片新时代的新科技种田的绿色沃野，团结一心奔小康，我们的日子会越来越好。"

第三部分

一

　　金九妹是前村支部书记刘九妹的养女，她从小就有远大抱负。将来考名牌大学到北京、上海发展，做个名副其实的大城市人，然而在一次坐火车去外地的途中发生的一件事，改变了她的初衷。

　　那次，她上了卧铺车厢，放下箱子坐到自己的下铺。这时上来一个庄稼人，年龄在六十多岁，穿得普普通通，拿了很多山货，他上来后放到货架上一些，手里拎了一袋猴头菇放到她对面卧铺上坐下。车快开了，一个衣着体面的中年阔气女人急匆匆地走到他们这节卧铺车厢停下，冲着背坐在下铺六十多岁的大爷气哼哼地说："起来，这是我的卧铺。"那位六十多岁大爷忙站了起来，把手中猴头菇放到上铺，装猴头菇的塑料袋漏了个小洞，碎末洒在下铺上。那个中年妇女态度蛮横："你没长眼睛啊！看你弄得多脏！"她拉下床单抖起来，"就你这农村人还配坐卧铺！"老人生气地张了张嘴又把话咽了回去，那个女人嘟囔没完。金九妹白了她一眼，对要上上铺休息的老人说："大爷，你睡我这个下铺吧，我睡你上层卧铺，你上下不方便。"老人十分感谢，他告诉金九妹，他是去北京看孙子，孙子考上清华大学自动化管理系，他的票是女儿给买的，女儿是东北农业大学教授，孙子发誓博士毕业后搞大数据农业。金九妹思想受到震撼，她暗下决心报考东北农业大学，毕业后回乡务农，改变家乡面貌，让家乡父老也坐得起卧铺。

就在这时，对面卧铺上中年女人手机急促地响个不停，她接通电话说："儿子，在美国习不习惯！"她用眼睛余光瞥了金九妹一眼，手机放高音，对面说话听得清清楚楚："习什么惯，刚考完试，考了六科全不及格，得补六科，一科得交一千美金！"这可惹恼了这位身着名牌的上流女人，"钱！钱！钱！不是刚给你打了一万美金吗？几天就花没了。"那边的儿子火了，大声喊："我不来美国，你们非让我来，我在家都没考上大学，外语说不上三句，这里讲课全是用英语，我十句能听懂半句？我快郁闷死了，我不给你们念了，明天我就买机票回家。"这女人一听儿子是真急了，口气也就软了："别了，儿子，妈后天就到你那儿。"说完一屁股坐下，像个泄了气的皮球。

就这样一次旅行，金九妹改报志愿，考上东北农业大学。她在大学是优秀共产党员。四年毕业后，她回乡务农，她发誓当第三个九妹村"九妹"。

她像同时代的大学生一样爱打扮，加上天生美人坯子，漂亮脸蛋上一对小酒窝，嘴里一对小虎牙，聪明伶俐，知识面广，勤奋好学，又追求时尚，爱美容化妆，但若干起活来，她可以立马放弃打扮，全身心投入劳动。她人脉广，信息灵，热爱自己的家乡，杨九妹、刘九妹是她的榜样，她立志像她们一样投入家乡建设，把家乡建设成"天也蓝，地也绿"的最美家乡。她凭借自己对家乡的热爱，决定在新村长感言上谈点新东西。

新村长感言：

    各位爷爷、奶奶、叔叔、婶婶、阿姨、兄弟姐妹，大家好！我是咱土生土长九妹村人，听我妈说：我生下来时爷爷奶奶说，咱村杨九妹、刘九妹都有能耐，了不起，就给我取名金九妹。其实国家计划生育，我们"八〇后"都是独生子，个个都有独生子女证。小学在村里小学毕业，初高中县里中学毕业，大学在东北农业大学毕业，我算了一下，我在外面读书十年。大学毕业后，结婚留在城里工作，但家乡的变化日新月异。这要感谢杨九妹奶奶、刘九妹婶婶，她们六十年和大家一起建设九妹村，把一个穷棒子村，男人四十讨不到老婆的贫困村建成了富裕村，太不简单了。我为前辈们点赞，并把她们的事迹写进村史，让后人们永远记住她们以及共同奋斗的前辈们。

    二〇〇五年，党的十六届五中全会正式提出解决"三农"

问题。加快新农村建设步伐，那就必须发展高效农业，而发展高效生物农业，就必须发展生物有机肥。从七十年代初期，我国引进化肥技术，农村开始使用化肥，比原始农家肥增产翻番，从亩产五六百斤，增加到八九百斤，水稻增加到千斤以上。化肥已经使用了三十多年，世界三大黑土地之一的中国东北平原黑土地已出现土地板结、营养流失、水土流失问题，加上喷洒化学农药，出现重金属严重污染。我记得小时候田里打农药，走在小路上就飘来一阵阵刺鼻的农药味。环境严重污染，我们必须根治，使用生物有机肥，逐渐替代化肥农药，将化肥使用量控制在百分之十，打造绿水青山。

今天我要谈的第一点：发展高效农业、智慧农业。咱村现在存在三种情况：第一种是个人家自己春种秋收，沿袭老祖宗几千年的耕作方式；第二种是两三家互助春种秋收；第三种是十户以上成立合作联社，但是仅局限停留在咱们村子里，视野狭窄，品种单一，没有走出山区。我们要发展生物有机农业，让咱们村特色农产品走出大山，走向全国。在发达国家和我国的大农场，人家美国那里是两个人种一百垧地，全是机械化、智能化。下面咱们看三段视频。

（德国现代化机械生产视频；美国现代农庄智能化农业耕作视频；黑龙江省农垦总局大型机械化视频）

（话外音）全村人看得赞不绝口。

金九妹接着说：

我们也要搞机械化、智能化生产，打破单一品种种植，搞多品种种植，一种几十垧，大面积机械化生产。三十垧地、五十垧地都用智能化控制，在地头高处固定地竖立一个信息监视器，东南地旱缺水，西北地缺钾肥、磷肥，智能化观察监控，旱田、水田都管用，缺啥马上去补啥，用智能化控制，掌握大数据，科学种田。

也许有人要问我，剩下的劳力干啥，不下地干活了？我讲的第二条是搞叠式多种经营：

1.搞大棚，四季种菜、种水果。现在一棵柿子秧长八个柿子，从科学院引进种子，一棵柿子秧能结五六十个柿子。

2.搞特色养殖，养黑猪、黑鸭、黑鸡。把产出的多余粮食喂它们，搞过腹农业转化饲料，肉蛋卖进省城大型超市。

3.搞出口创汇，咱建家具厂，从俄罗斯买回松木，从越南买回红木，打造高档欧式家具，出口创外汇。

4.把咱们莲花湖修堤坝，栽柳树；修步行路，种花草；建农家乐，用黑猪、黑鸡、黑鸭招待旅游客人。咱村里人也可度假、观赏，谁说咱农民光干活，不休假？

5. 接自来水，现在使用压井，咱换深水，自来水更健康。

6. 不久的将来接通燃气管道，烧燃气。

7. 打造雪乡、冰灯之乡，春、夏、秋、冬四季旅游。

8. 用玉米叶等编织小工艺品、剪纸工艺品，打造特色地域品牌微型纪念精品，来旅游的人愿意买，要像南方旅游大省一样，光工艺品就卖老钱了。既然办旅游产品，就得搞出地方特色，又质朴、又新颖，搞农村特色旅游文化。

9. 以后用咱莲花湖水，那水全是山泉水，建个矿泉水厂。过几天，我带几瓶水去省城找权威部门先检测一下。

10. 旱田改水田，充分利用湖水、山泉水来争取高产，要么水白白浪费掉了。

要干的事很多很多，咱们能干的事为啥不干？！

众人大声说："对，又挣钱，又充实，为啥不干！"大伙儿兴奋地讨论起来，有的要建农家乐，有的要养鱼……

刘大舅和商二叔互换眼神说：有文化人牵头又有科学想法，九妹村的明天会更好、更美。

金九妹用手示意大家静一静，她接着说：

咱们村要建文化旅游联社，产销一条龙，把我们生产的特色产品卖到山外、大城市，就凭咱这高效农产品，无毒、无害的天然有机产品，肯定有人愿意买，保证卖好价。

她喝口水说：

这只是开始，我们马上办电脑培训班，小青年可以学、中年人可以学，老头儿、老太太也可以上网采购，这叫网购。人人当老板、家家开电商。前几天我回母校，母校正在试验一种空中用水种菜的方法，他们搭好二三层架子，架上种菜，底下过水，这是发展方向。我再观察观察，看准了就快下手，技术引进咱村。咱们村里人因为条件好了，健康长寿人越来越多，咱们建老年公寓养老，也可以分享改革红利。

散会后，有愿意学广场舞的留下，我请我同学教大家，她办了个广场舞学校，生意十分兴隆，咱农民也要潇洒舞一回。

金九妹上任感言，视野开阔。

今天开会，秦老太爷来了，他已九十岁高龄。黄老太爷也来了，他今年九十二岁。两位老人耳不聋，眼不花。会后，杨九妹陪着老人走到秦老太爷家，杨九妹炒了几个菜，请刘大舅、商二叔一同来吃饭。四位老人加上杨九妹、秦猛和两个孙子、孙女，快快乐乐喝着小酒，吃着饭菜。酒足饭饱，黄老太爷来了书意，给大家讲了一段《莲花湖》的故事。

康德五年，我舅爷那年五十多岁，我们村里出了一件奇事。我那位表叔叫刘大化，大概二月份前后，好像是刚过完二月二，他上山看看能不能捡到冻死的兔子。那年雪大，漫天洁白，放眼望去千里冰封，万里雪飘。他高大魁梧，胆子又大。如果个子小的人在二尺深雪中是拔不出腿的，他一米八九大个儿，往出一迈，一步一个脚印。大约在晌午的时候，他看到在距他十米来远处有只野鸡被冻麻爪，已经卧在雪堆上一动不动，他向那只野鸡走去，离两米来远，那只野鸡扑棱棱飞出十几米又趴在雪上一动不动了。他判断那只野鸡确实冻僵了，想到抓只活野鸡回去，可以显摆显摆，就大步流星地奔野鸡走去。差两米远时，那只野鸡又扑棱棱飞出老远。那只野鸡长得漂亮，身上五颜六色，后边那尾翅更漂亮。他来了倔劲儿，非抓住它不可。差两米远时，野鸡又飞出八米来远一头扎进雪里，后边尾翎露在外边。

他高兴地走到近前，用脚一踩，脚下一空，一出溜掉进一个洞，这个洞是斜坡，他想停也停不住，约莫出溜一袋烟的时候，他一屁股坐到软绵绵的沙土上，眼前骤然亮堂，前边出现一条下坡台阶，是石头台阶。他顺着台阶往下走，转了三道弯，来到一座湖边，湖水清澈，波光粼粼，不时有鱼儿跳出水面，在前边有一大片莲花，艳丽开放，微风吹拂下莲叶微微颤悠。那湖不太大，湖面也就两三垧大小，湖的四周青山如黛，山上长满竹子，山坡上盛开着美丽的杜鹃花，竹、花倒映在湖中，分不清是湖是山是花。这时左边山脚下走来一位四十多岁的男人，他头上扎着古装布带，脚穿一双草鞋，上身穿一件半袖粗布小褂，敞着怀，露出一身肌肉，下穿一条灰色扎着裤腿的裤子。他笑呵呵地向他打着招呼："您好老弟！看装束，您是从山外来的。既然来了，就到我家中坐坐。"说着带这位山外不速之客沿着北侧湖畔往前走，拐了三道弯，前面出现两栋大房子，典型的江南房屋构造，四周围着木头栅栏，十来个人坐在院中小亭喝茶，谈笑风生。那位汉子向大家介绍，这位是山外来客，大家欢迎，院中人站起来欢迎他。

这时，主人请他屋里坐，他随主人身后进到屋里，室里摆设家具全是前朝老家具，闪着紫橙色的光亮。主人从茶桌上拿起一个茶壶，倒一杯水给这位山外来客，问道："你这身装束从哪儿来的？"刘大化双手合拢一拱手说："我叫刘大化，是从万佛山脚下穷棒子村来的，家中排行老大，你就叫我刘老大好了。我们那里是冬天，刚刚过完年，我出来找找冻僵了的兔子、野鸡，谁知遇到一只冻麻爪的野鸡，我想抓住它，它飞飞停停引我到了你的这个地方。奇了怪了，我们那疙瘩冰天雪地，你们这儿过夏天，山青水绿的，那老大老大一片莲花真好看。"

主人听完笑了，说："这地方叫莲花湖，方圆百里，外面坐着喝茶的是我儿子、孙子、重孙子、重重孙子们。我都一百三四十岁了。"刘大化听后怔怔地看着眼前这位自报一百三四十岁的老人，看面相他年龄和自己相仿，他又向窗外看看那十来个喝茶人，个个青春壮年，哪个能比他岁数大？他感到神奇。相隔二三十里，两方天地，他怀疑自己走进仙山圣境。主人问他："外边你们那里是乾隆几年？"刘大化愣住了，反问道："乾隆几年？"自言自语道："是康德五年。"主人说："噢！这么说我离家一百一十六年啦。时间过得真快呀，一晃百年匆匆而过。"刘大化一脸困惑地说："你们到这儿一百多年了，从哪儿来的？这太神奇了。"

主人笑了笑说："乾隆四十九年，我十八岁。我家住在河南，我是个老实巴交的种田人。我和村里二妞相好，家里不同意，二妞人长得漂亮，当地一大户有钱人家看上了二妞，硬要娶她做三房太太，我俩不能分离，我一横心和二妞商量，咱俩远走高飞，于是连夜逃婚。走了两个多月，那也是大冬天，掉入一个山洞，走出去一看，眼前一片绿荫，山清水秀、鸟语花香的，我俩就定居下来。离这儿三十里外桃花村有十几户人家。后来我们有了孩子，孩子长大又和三十里外姑娘结了婚，过湖对面深山里还有一个杏花村，也有十几户人家，孙子又和这个村里的姑娘结了婚，直到今天。"

这时，两个女人已将香喷喷的饭菜摆上餐桌。主人介绍："这位是我老伴，那位是我儿媳妇，她们都一百多岁了，看上去就像三四十岁样子。"刘大化这回信以为真了，不再怀疑。桌上摆着两盘鲜鱼、两盘新鲜青菜。两个人一边喝酒，一边闲唠山外情况。外面十来个人分两桌吃饭，有两个貌似十多岁的小孩大口吃着饭菜。

这时湖面上漂过来两条小船，船上各站着一个人划船而来，正在外面吃饭的人站起来迎上去，相互问候请安，全是抱拳，彬彬有礼。主人告诉刘大化，"那是我两个儿子亲家。"这时两个中年男子走了进来，深鞠躬给主人请安道："大叔红光满面，身子板硬朗。"主人笑着回答："好着呢！你们爹妈也挺好吧？""回您的话，家中二老都挺好的。"主人热情介绍刘大化，彼此寒暄一番，接着请二位用饭。两个人恭敬回答，"您这儿有贵客，就不打扰了，我们小字辈会会亲家。"说完深深一鞠躬走了出去。

刘大化发现，这里人人有礼貌，个个精神焕发，性格开朗。

吃完饭，一家人相送很远，主人给他带了一兜鱼干，又送他出山左拐、右拐，往前上山、下坡，走到一处宽敞地方。主人站住说："我就不送了，你顺着这条小道，左十八拐，右十八拐，不紧不慢还十八拐就出山了。"说完双手抱拳深深一礼，刘大化也深深回敬一礼，就按照他的嘱咐走出大山。他怕忘记了出口，用一根树杈子插进雪中，上面系一条白带子指向家的方向……

　　回到家中，媳妇一个高从炕上跳下来，上下打量刘大化问："当家的，这半个月你上哪儿去了？连个信都没有，急死我了。爹娘好几个晚上没睡好觉了。"刘大化走到爹娘屋里坐下，媳妇跟了过去，刘大化把鱼干放到爹妈炕沿上，一五一十、前前后后把事情说了一遍。大家都感到奇怪，是不是传说中的仙境。

　　黄老太爷磕了磕烟袋，又把烟锅放进小黑色布烟袋，用左手大拇指在烟袋锅里按了按，取出烟袋锅，点燃锅里的烟"吧嗒""吧嗒"抽了两口，吐出一口白烟，那股白烟轻袅袅向敞开的窗外飘去。他接着讲：后来，他领几个大小伙子进山找到那根插进雪中的树杈子，上边刘大化系的白带子还在，出入洞口没能找到。春天雪全化了，几个人又去找，树杈子已倒在地上，洞口仍没发现。有还是没有，只有刘大化清楚。我那亲戚要是活到现在，咱村这片莲花湖比那片莲花湖和他们一大家子住的地方强多了。

　　老人感慨地说："我活九十多岁，经历清朝、民国到新中国几朝几代，数现在活得舒心滋润。咱村全盖上砖瓦房小洋楼，那片大水库，莲花连片，鱼儿跃水，沙鸥飞翔。农家乐真招人，连白皮肤、黑皮肤的外国人都会来。金九妹还说用铁焊架分三层种菜，一大片一大片庄稼用万能监视器监视，缺水缺钙，缺什么……还说什么用机器喷洒，神了！"大伙听着笑了，纠正他："是用卫星！"老人开心地笑了："我想再活个十年八年的，说不上又能看到啥新鲜玩意。中国越强大，咱老百姓的日子越好过，越安全，亡国奴的日子不好过呀！共产党好，共产党来了连苦水都变甜水了。张小个子（张作霖）不行，张大帅的儿子张学良不行，国民党不行，他妈的小日本子更坏，是共产党为咱老百姓谋福利。"说着他从衣袋里掏出一个手机，自豪地说："我孙女小菊回来非给我这台手机，教我学充电，接打电话不用拉电线，这玩意真好，一个电话打出好几千里。"

（话外音）

自一九四九年中华人民共和国成立至今，城市、农村一天一变样，人手一手机，老百姓坐飞机、坐高铁、坐轮船，驾车自由行，出国旅游，生活美满幸福。

天有不测风雨，人有旦夕祸福。九妹村东头小山子，就是以前小狗球球家的那个小山子已四十多岁，小日子过得不错。儿子小传子已长到二十三岁，今天要相对象，一家人忙了一大早晨。小山子对媳妇小红说："一晃过得多快，咱俩都四十多岁了，今个咱儿子小传子都相对象了。"他兴奋地掉下眼泪。

时间说着就快晌午了，小山子见说媒的文大娘领着姑娘和她爸爸走进院里，小山子和小红忙出来迎接，热情地把人接进屋里。三间砖瓦房，是小山子爸妈走时留下给他俩的，屋里收拾得干干净净，炕头灶台利利索索。女方爸爸一眼就看好了这户人家，女孩也相中了小传子，小伙挺英俊，小传子也看好了女孩大月。吃午饭时，酒桌上推杯换盏，小山子高兴啊，儿子订婚了。下午三点送走了亲家，小山子回到屋里觉得头晕，倒在炕上，小红以为他睡着了。可是小山子嘴吐白沫子、口眼歪斜，小红吓蒙了，急忙去村卫生所找仇常春大夫。不巧，仇常春大夫进山采药，过两天才能回村。小红又去秦老奶奶家，听说小山子得了瘫痪，秦老奶奶赶忙去了小山子家，确诊半身不遂，不能错过二十四小时最佳治疗期。秦老奶奶立马给小山子下针、贴膏药，经过七天治疗，小山子能站起来了，虽然右腿不听使唤，但他十分坚强，让儿子小传子和媳妇小红轮流扶他手把炕沿练习走路。

这时田富来串门，言语中说小传子和女孩大月生辰八字不合，才使小山子得了半身不遂，命里犯克，说完赶忙走了。小红有点犯疑，小山子把小红数落了。这时，村长金九妹来看小山子，听小红话里话外说大月和小传子生辰八字不合，专克老爷子。金九妹笑着做小红的工作，直到做通后才离开。

小传子和大月结婚了，这些日子小红忙里忙外张罗婚事累倒了，还好一个月后恢复了。这可难为了这两个孩子，小传子和大月一个伺候爹，一个伺候妈，倒屎倒尿一点不嫌弃，邻里都夸两个孩子孝顺。小红常常自责，多亏听村长金九妹的话，保住了这门亲事。

一晃半年过去了，小山子能自己扶着炕沿走动，小传子、大月两口子一如既往护理父亲。也许是小山子久病心焦，爱发脾气，用小传子给他买的榆木疙瘩文明棍打小红。小红理解他心烦，毫无怨言，小山子常常自责。几年后小山子走了，小红在小山子走后一年也走了。临咽最后一口气时，小红把大月和小传子叫到跟前，拉着两个孩子的手说："我这一辈子最最满意的是你们俩孩子孝敬，大月更孝敬，家中有钱没钱不重要，忠孝传家最重要。金九妹村长十分关心咱们，问寒问暖，又常给咱补助，你们两口子一辈子不要忘记人家的好。"喘一口气，断断续续接着说："孝不看一时一事，你爸和我拖累你们好几年哪，你俩太难了！"说完手一松过去了。小传子和大月哭得天昏地暗，让人揪心。

其实所谓生辰八字没准，鸡猴不到头，龙虎一刀挫，女大一不是妻，乃封建传说。现实中就有鸡猴双双活到八九十岁的例子。旧社会流传的这些乌七八糟的传说，弄得相爱之人南辕北辙、分道扬镳。

堂堂正正，想爱就大胆地去爱，不要相信封建迷信。走自己的路，选择自己喜欢的婚姻，去干自己喜欢干的事业，潇洒人生走一回，也不白来人生一世几十年。记住："幸福、遭罪是自己找的。"

金九妹上任三个月，她自己开车进省城见丈夫陶冶。一晃又有三个月没见到金九妹了，陶冶请金九妹吃午饭。在饭桌上，金九妹提出让陶冶给装十台电脑，村里办电脑培训班用。陶冶一口应允，金九妹打心眼里高兴。吃完饭，金九妹跟随陶冶来到他开电脑工作室的科技大厦。科技大厦高二十八层，位于省城中心地段，对面是一座重点一表大学，有几万名优秀学子在校学习、科研，西侧是大学创业园，有上百名大学毕业生在此创业开公司。

有几家公司在全国很有名气：机器人研发科技有限公司、电子高端技术设备有限公司、飞机配套零部件有限公司、云技术研发等公司。金九妹丈夫在十五层办公，业务范畴为批发、零售组装电脑，前店后厂，生意做得挺大。整栋大楼浓浓的科技味，从一楼到六楼，所有电子设备齐全，像台式电脑、笔记本电脑、录音笔、电子探头、电子照明灯，各种零部件，琳琅满目，应有尽有。从这里可以源源不断地运到省内城市和农村。这些电子产品来自全国各地，也有生产厂家在这里直销。

陶冶和金九妹是同班同学，在东北农业大学四年建立起的友情，发展到爱情。大学毕业后，他选择开电脑公司自主创业，小伙子颇有远见，思维敏捷也善于钻研电脑原理和技术。当时他留金九妹和他一起创业，可金九妹有自己的想法。毕业后，两个人各自为自己的梦想而奋斗，但两个人的感情一直很好。陶冶以自己的能力在市里黄金地段买了一套三居室，选房装修时征求金九妹意见。金九妹还想在家乡山清水秀的地方建一栋三层小楼，有自己的院落、衣帽间、工作间、休闲间、主次卧室、健身室、学习间、孩子卧室等。村中已有几十户都盖上二三层楼，欧式比较多些，她也来个大众化盖个三层欧式房，婚后去城里办事住城里，陶冶休息来乡下。城里人平时住城里，休闲时住乡下，咱乡下人也来个反串。

陶冶留金九妹在新房住一宿，第二天中午，十台电脑组装完毕，装到金九妹的车上。他开车，金九妹坐副驾驶，系好安全带，脚下一踩油门上路。

下午四点，两个人已驶到村庄入口，金九妹让陶冶停车。两个人下来站在高处往下望去，九妹村尽展眼底。此时，时令已进入北方六月，扑入眼帘的是一片碧绿，西侧是两个人开车经过之地，美丽的景色摄入眼底，北侧和东侧山与丘陵相交接壤，山色一片葱绿，山坡上青松翠柏交映，杨树枝叶繁茂，伟岸苍劲，白桦树挺拔修长，绿叶的罅隙斑斑点点，白色主干发着光亮。重峦叠嶂向大青山主峰奔去，莽莽苍苍，横无际涯，山之深处一条铁路、一条公路并列，那火车轰鸣着像一支丘比特神箭射向远方，那公路两旁人工修整栽种的树木一路列队相送，给人们留下长长的两行思索。大山深处，山花烂漫，小河流淌，鸟儿歌唱，彩蝶纷飞，獐狍、野鹿随时可见。大山最深处有东北虎、豹、熊大型动物生存和活动。山中小河里有鱼儿自由游荡。河水是山泉汇合而成，澄澈清晰，一眼能望到底，更有山泉哗啦啦流淌、飞泻，各种中草药水草肥美地隐藏在深境……我可爱的大东北哟，大山让人们和飞禽走兽世世代代休戚与共，生存繁衍，续写着华夏史诗。

大山远处有二龙山、松峰山、玉龙山、大青山、乌龙山、老母山、元宝山、金龙山、香炉山、断头山、老头山、老爷岭、玉泉山、威虎山、万佛山、凤凰山、帐篷山，云蒸霞蔚，神秘浩荡，山山秀美，峰峰险峻，毗连纵横，蜿蜒千里。水系有二龙河、阿什河、汤旺河、拉林河、讷漠尔河、克鲁伦河流域；湖泊有二龙湖、七星湖、镜泊湖、兴凯湖、五大连池；江有松花江、牡丹江、嫩江、青龙江、乌苏里江、黑龙江，它们是黑龙江省境内纵横的大动脉、支脉、曲脉、静脉，几百年、几千年、几万年流淌不止。中俄边界江河合流。鱼类有三花五罗、胖头鱼、老头鱼、鲤鱼、鲫鱼、鲢鱼、鲶鱼、兴凯湖大白鱼、黑龙江鳇鱼、大马哈鱼等，这就是富饶美丽的黑龙江省，物产丰富，山峦秀美，江河奔涌。九妹村南侧是丘陵和平原接壤之地，极目远眺丘陵起伏，沃野千里。

两个人将目光转向九妹村，浓绿得像一条碧绿的地毯，四周长高了的杨树、松树就是那地毯美丽的绿色花边，莲花湖映进一方美丽的蓝天，九妹村像一张巨毯中一朵艳丽的牡丹，多姿多彩，绚烂婀娜。金九妹激动地拉着陶冶的手紧紧相握，把身子贴紧，把头靠在陶冶的肩膀上。突然村里冲出一伙小青年呼喊着向他们跑来，嘴里喊着"金九妹把电脑拉回来了"。金九妹让陶冶发动汽车往村里开去，小青年们在村头迎接着。

第二天，电脑培训班开课，讲课老师就是陶冶。

陶冶为大家培训了三天。第四天，他调来一位工作人员接替他，这位女专家带来两台打印机，继续为大家培训。她叫陈漪，很细心地指导大家，十天之后回到省城陶冶工作室。

学会使用电脑的青年，托陈漪又买了十台电脑，而后有人陆续又买了七八台手提电脑。陈漪第二次来辅导时让学会的人一对一的手把手教其他人学电脑。

第三、四、五批学员由村里学会的年轻人教，中年人也陆续学习使用电脑。这时，金九妹请陶冶代买一组接收电波信息架安装上，村里可接收来自山外的电波微频。

九妹村是省里第一个普及电脑的村庄。电脑进村，丰富了村民生活，手机普及，人们学会了上网、打字，坐在家中就可了解世界。金九妹时常让陶冶搞点电脑新节目，在几个大节日给大家搞个小惊喜，发个小红包，一角、二角、三角，激励大家熟练使用手机和电脑。

七十一岁的孟爷爷也来参加培训，老人那个认真劲儿比青年人可贵，拼音时常弄错，他虚心请教，他孙子小杰有时被问急眼和他发脾气。金九妹知道后专门找小杰谈了一次话，小杰向爷爷道歉。孟爷爷一直坚持，三个月学会了打字。他"文化大革命"时初中毕业，学过的拼音早忘没了，长久不用，这下捡起来了。他还教老伴学打电脑，又学会了网购。

　　电脑的培训和普及为九妹村村民开启了通往外面世界的广阔大门，也为后来的电商销售奠定了雄厚的技术基础。金九妹又办下一件事，即引进优良品种养殖黑猪、黑鸡、黑鸭，搞绿色养殖。

　　养鸡最容易也最不容易，过去自己家散养，用小鸡笼子或小鸡架把它们都圈起来，早晨放出去，溜达一上午，中午回来喝点水，下午继续溜达，晚上回来，一点一点长大，不让人费太多事儿管理。

　　自己在家养鸡，一般都是把小鸡雏放炕上，炕沿用一尺高板子立起来，炕底加点热，屋里棚上多放几盏灯，保证恒温，炕上放几个圆盘，中间用碗倒扣上，小鸡雏在四外饮水。

　　现在养殖科学化、机械化、智能化，是在原始养殖多年的基础上总结的经验，经受着经济条件的制约，在富裕之后而发展起来的。

　　三柱子两口子最先养鸡，是因为三柱子媳妇兰芝的表哥家养鸡发财了。兰芝去市郊看望姑姑，表哥家和姑姑家相邻居住，家里三间砖房全养鸡，人住后盖的东侧下屋。每天，表哥表嫂捡鸡蛋就得几大筐，看得她眼都红了。回家一次就和三柱子叨叨个没完，三柱子听烦了，手一甩。"别叨叨了，爱养你养。"就这样，她第一个抓小鸡饲养，头半个月小鸡长得很好，绒嘟嘟像小黑球，二十天后长大一些。金九妹三天两头去看看，想扶植她养出经验，从而带动村里一部分农户养殖小鸡。

第十八天，三柱子媳妇早晨三点多钟起来去西屋一看，傻眼了，十几只小鸡围着一只小鸡叨它屁股，血糊糊的，再看已有十多只被同样捣肛倒在炕上。她回东屋叫醒三柱子，三柱子昨晚上网到十点多钟才睡，一屁股坐了起来，"我不管，谁让你愿意养鸡来着，找你表哥问去。"说完蒙头倒下就睡。气得媳妇搬个凳子在鸡屋里一边哭一边监视驱赶小鸡别捣肛，一折腾四点半多了。农村早晨春天四点多钟亮天，金九妹和她家只隔四户人家，金九妹走进她家院门，没锁，因为特熟悉，她开外屋房门进厨房，她关心小鸡，透过玻璃窗往里看，三柱子媳妇正在一抽一泣抹眼泪。她开门走进西屋，随手把门带上问道："兰芝，你这是咋的了？"兰芝用手指着放在地下的十几只被叨死的小黑鸡。兰芝止住眼泪一五一十地和金九妹说，又把三柱子的话学给她听。金九妹管三柱子叫三哥，村子里全是亲戚。金九妹来了气，走出来咣咣咣敲门。三柱子以为是他媳妇，生气地大声喊："你他妈的没完啦！"金九妹大声说："骂谁呢？三哥，是我九妹。"一听门外是金九妹口音，他忙起来穿上衣服打开门说："九妹来了。""我不来你睡到大天亮。三哥，两口子过日子，你不能让三嫂一个人辛苦起大早贪大黑的。"

　　昨晚三柱子上网网恋忘了关电脑，这时显示屏上一个年轻漂亮女人说话，"快起来，人家想你想疯了，来亲一口。"做着被亲的样子。三柱子忙把电脑关掉，金九妹气得一句话没说，起身走了。三柱子跟在金九妹身后追着解释。到了大门口，金九妹一转身厉色对三柱子说："蒋德才，你给我听好了，我花钱让陶冶白装电脑，培养你们学电脑，不是让你走歪门邪道搞网恋。"说完转身就走。近一个月，三柱子迷恋上网上一位貌美姑娘，两个人迷情浓浓，三柱子媳妇也有发觉，但她管不了三柱子，只能自己背地里抹眼泪。

　　当天下午，金九妹把东北农业大学养殖系专家，她的同学从城里请来。一进村，金九妹已等候在村委会门前大路上。金九妹热情迎了上去为同学开汽车门，同学下来笑着说："你这东北农业大学高材生，这点小事儿哪能难倒你！"金九妹说："别挖苦我了，我学植物学，你才是专家。"边说边走进兰芝养鸡室。经过查看，专家说："两点出现小鸡捣肛，其一，屋里温度高，小鸡太热把尾巴翘起来露出鸡屁眼，小鸡屁眼是鲜红色，引起其他小鸡好奇，追上去用尖嘴捣；其二，水中缺碘。"

三柱子媳妇愣愣地问："缺碘，那上哪儿买去？"金九妹忙说："三嫂，碘是盐，给小鸡饮水中加点盐。"三柱子媳妇有点不好意思。专家说，窗户稍微放放风，屋中放两个温度计，随时掌控室内温度，水中加盐要适度。他本来要用术语说加盐量，想到三柱子媳妇听不懂，忙改口说，"一碗水放一点盐就可以。另外，屋里要干净，小鸡粪便随时清理净，稍微喷洒点白醋水，一次一两滴醋。"他又教了三柱子媳妇几个注意事项，他一一辅导她去做，三柱子媳妇千恩万谢。

老同学跟随金九妹来到金九妹家拜望她父母。中午，金九妹亲自下厨给老同学炒了六个菜，又让母亲在房后小院装了一兜新鲜小葱、韭菜、香菜。同学不好意思多拿，金九妹开玩笑，"这是给你爱人，我那老同学晶晶的，你别臭美了！"说说笑笑送专家开车上路，目送他开车走远。

下午，金九妹又来了趟三柱子家，不再有捣肛鸡出现，三嫂直愣愣地盯着金九妹双眼神秘地问："说实话，你俩是不是谈过恋爱？老实跟三嫂交代，为啥你一个电话，他就乖乖地来了？"金九妹扑哧一下笑出声，说："三嫂，没你想得那么复杂，你妹妹有一大堆像他这样的男朋友，我们都是友好关系。"三柱子媳妇伸出大拇指说："你看人家专家就是不一样，讲得头头是道，道道都解决实际问题，替三嫂谢谢他。"金九妹绷起脸说："谢他吗？你说怎么个谢，给多少钱，钱给我！"说完笑着说："我们之间没那些金钱交易，他媳妇有回给我打电话，要我给她送一筐新下来的土豆，我开车亲自送去，还让她破费一顿'豆捞'涮羊肉。她出国还给我带回法国兰蔻香水。"说着从兜里掏出，兰芝一闻，抽了三下鼻子说："真香啊！小死丫头，擦好胭脂，喷法国香水。"金九妹贴在兰芝耳边小声说："千万别到外面说我这个村长多腐化。"金九妹问："三嫂，这两天咋没见三柱子哥？"兰芝长叹一声委屈地说："他说去城里买手提电脑，一走三天没回来，也不接手机，把家里的钱拿走了，亏了我偷着存卡上几万元钱。"

　　三柱子进省城了，和网恋女友见面约会，两个人住高级宾馆，逛商场，进高档饭店。那个网恋女友老温柔了，又白净，躺在床上身如白玉，光滑圆润，又会说话，又年轻漂亮，风情万种。三柱子被整得五迷三道，不知东南西北，他兜里的五万元几天就快花光了。网恋女友趁他熟睡把剩下的钱和卡带走了，他醒来时服务员催他结宿费，他一摸兜，锛子儿皆无。他知道他被耍了，无奈把城里亲戚叫来代他付了账单。他因为没白天黑夜地放荡淫欲，脸色蜡黄，晃晃荡荡坐长途车回到家中，撒谎说钱丢了。

　　过几天，城里亲戚来要钱，那天也巧，金九妹正在兰芝家谈小鸡情况。远房亲戚进门找三柱子，说他是三柱子三舅的儿子，那天三柱子住高级宾馆交不起房费，给他打电话让拿钱来结账，他到宾馆一看，两个保安和大堂经理要把三柱子送公安局，说三柱子嫖娼，三柱子吓得哆哆嗦嗦，见到他一把抓住，他替三柱子交了八千元房费，才放三柱子回家。后来，他给三柱子打了几次电话，三柱子总支支吾吾不还钱，后来干脆关机。兰芝见过一次这位亲戚，她进屋拿八千元交给他，说："对不起兄弟，你那不提气的哥哥躲起来了，你吃完饭再走。"那位亲戚说："不了，家里也没钱，我找别人串的，我得赶快回去把钱还回去，人得守信誉。"说完走了。

两天后，三柱子回来了，让金九妹一顿痛训。他悔恨自己瞒着媳妇做下这等荒唐见不得人的事儿，金九妹见他知错了，还打了自己两个耳光，就又做了兰芝工作。

三柱子经过这次网恋教训，改过自新，与兰芝一心一意养鸡，还知道心疼兰芝，活儿抢着干。兰芝把三柱子的变化悄悄学给金九妹听。

网恋是一种害人的东西，有些男女面对五颜六色的诱惑，经受不住迷恋，忘乎所以。有的家庭因此出现危机，导致婚姻破裂。

兰芝养鸡成功，村里二十多户也开始养鸡，并成立了养鸡经验交流小组，请东北农业大学专家来授课、辅导。

那边马文养黑猪也报喜讯。关大海养黑鸭喜报传来。

金九妹筹划村里建塑料大棚，她先带几位种菜把式到省城郊区学习大棚种菜经验，又带领他们到农业科学院试验大棚基地学习。数九寒天走进大棚温暖如春，大棚分几个试验区：柿子试验区、黄瓜试验区、豆角试验区、茄子试验区、草莓试验区、花草试验区。农业科学院试验大棚是玻璃结构，金九妹带去的几个人看傻了，这里温暖如春，鲜花绽放，蔬菜争宠。他们来了劲儿，向金九妹表态，四家合伙建塑料大棚，"咱们也冬天种植新鲜蔬菜，能卖个好价钱。"

刚开春，三月初几个人就用钢筋焊大棚架子，上边盖上塑料薄膜，屋里点上火炉，把冻土融化，三月里用了二十多天，五栋大棚一切就绪，播种菜籽，一周长出小芽，那屋外零下十五度，屋内零上十八度，小苗一天一个样。谁料想四月二日下起鹅毛大雪，持续一天一夜，雪把门口封住了，人们出不来，连下带飘，门被一米厚雪封住，费好大劲儿才推开一道一个人能钻出去的缝。当他们到大棚面前一看，全傻眼了，因积雪超重，三个大棚被压趴下，小苗被压倒，老惨了。大家七手八脚地清理掉雪，把草帘子拿开，把塑料布揭开，因为透风，气温低下，三个大棚小苗全毁了，有的社员哭了。金九妹劝大家总结经验，焊钢架、拉好支架间斜拉钢筋，两头用砖砌挡风墙。弄好后又重新种上菜籽，用棉被替换草帘子。

失败是成功之母，这次成功了。秋后又修建五栋大棚，三十户组成大棚小队，又请省城郊区大棚户来介绍经验，一年四季种菜，运出山村卖进城里，种植户数着钱，脸上绽放着笑容。

　　大棚成功，金九妹又琢磨建家具厂。她领几个人去广东、福建的家具厂学习参观。回来后，村民刘权办理了营业执照，木材原料松木选择从俄罗斯进口，红木从越南进口，得有海关出入境手续。金九妹开车四处奔跑，把海关进出口木材家具许可证办完，又买设备立式台锯、链锯、中台式与小台式锯。试营业第一天就出了大事，因为立式台锯破圆木，农民推拉时力量不均出现扭曲，锯片裂纹一寸多长。幸亏从城里国有企业请来的刘师傅厉害，他一进车间听到锯声不对，就跑到离他最近的控制电总闸箱果断拉闸断电。断电后，他快速走到那台立式台锯前让工人把台上木头往回拉。等露出锯片，刘师傅用手推动齿轮转动锯片，人们看到锯片上一寸多长裂纹都吓坏了。大家都十分佩服七级工匠刘师傅。

　　刘师傅喘了口粗气，语重心长地说："上锯掌锯人要稳稳往前推，憋匀了气，不能一股劲一股劲往前硬推，那样会超出电锯马力；下锯拉木头人也须均匀往后拉，不能一股一股劲儿硬拉，两个人配合不匀或一头圆木偏侧就会把锯片蹩裂纹，以后有固定架就好了，不会出现问题。"说完，他让小王重新拿来立式锯片，他亲自指导小王安装锯片，拧紧夹板双面锣纽扣，紧松度恰好。刘师傅说："拧紧了，解不开；拧松了，损坏锯片。"

　　他说："如果再有两分钟，锯片裂到三分之一处，锯片飞出，重则把人切断，轻则重伤，我们厂小朱就被飞出的半片三十厘米立式锯片把右耳朵切掉了，要是正对着脸飞去，头会被切成两半。"在场人吓得直伸舌头，金九妹恰在这时赶到众人面前，听了刘师傅讲述险情，深深地佩服这位大厂工匠。她接着刘师傅的话嘱咐大家，"切莫马马虎虎，认真虚心和刘师傅学习。"她对小黄说："去告诉厨房，今晚给刘师傅多加两个菜，斟满白酒，为刘师傅庆功。"

第一批家具出厂，组装后发现有十分之二挤扭，不是横平竖直，就是对角线不等，水平面不平、翘曲，只得廉价处理给村里人。总结经验再生产，第二次综合检测一次通过。金九妹又通过同学从越南进口红木，生产出的家具借助国家优惠政策出口至欧洲创外汇。

由九妹村往东、北两个方向走，就走进大山之中，大山里有许多名贵的中草药。有一天，土中医仇常春来了想法，他想进山采药，借此考察几种适宜山边子地种植的中药材，像板蓝根、黄芪、五味子等连根挖出来在山边处栽种。如果能活的话，村里就可以种植中草药。他从小跟随父亲上山采药，常挖到山参。他把这个想法和金九妹聊了，金九妹赞同，并叮嘱他注意安全，保护好自己。

仇常春今年五十六岁，身板硬朗，他是村里的赤脚医生，村里谁有个头疼脑热的，他一治就好。他家有曾祖父留下的上百个土秘方，他想明年编本书。他父亲的拿手绝活是治疗毒、脑膜炎，小孩的疑难杂病，他手到病除。

村里刘木匠的女儿腿骨节旁长了个鸡蛋大的包，跟拳头似的，肿得发亮光。他先用银针放血，后用小罐拔毒，怕姑娘疼，他在姑娘耳朵上、腿上几处下针，针一下去麻酥酥的，拔罐扎针就不疼了，针灸了三次就好了。王文偏头疼，到他诊所去看，仇常春拿出银针照头上、耳旁、前后各扎一针，十分钟就不疼了。

村子里的人离不开他。他为人善良忠厚，小病小灾的不要钱，他又自配闪筋接骨膏药，特好使。比如，关海骨折，他用药膏贴上，三贴就好。关海是个电焊工，那天，焊电井口圆管，圆管平放在案板上，管子滚动，不小心把他顶在门框上，把脊椎骨顶坏了。仇常春听说后，带着他研制的膏药给关海贴上，三天后就能继续干活儿了。关海人特仔细，为了省点路费，从干活地方结完账步行了八个小时走回家。

话说仇常春进山第二天中午，他走累了坐下吃一口干粮，就着身边的泉水。吃饱了喝足了，想眯一会儿，碰巧来了一位老人，坐下和他唠嗑。老人给他讲了一个有趣的故事，说十多年前，他进山采药，他靠着大树蒙蒙眬眬地睡着了，看见一个五六岁小男孩，穿着红兜兜在他前三十米远的山坡上玩耍，不时地看看他，见他毫无恶意，就一点一点靠近他，竟挨着他坐了下来玩他的旱烟嘴，玩着玩着抽上一口，呛得直咳嗽。他想帮小孩拍拍背，那小孩起来跑了，不让他用手摸。

第二天中午，小孩又出现在他面前，他感到奇怪，这荒山野岭的，谁家孩子这么大胆，还光着屁股，不怕蚊子叮？小孩用手摸了摸他那根烟袋嘴，他拿给小孩玩，这回小孩不敢再抽了，拿在手中反复好奇地看。他又想用手去摸摸小孩，那小孩起来又跑了。他突然想到小孩是一棵千年人参。他来了主意，第三天中午小孩又来了，他把放在衣袋里用骨头加工的小烟盒放在面前，小孩对烟盒感兴趣，拿起来反复用手拿着观赏，坐在他的身边，他把准备好的红线绳绑在小孩后背兜兜红带上。小孩子玩了一会儿，看看天上太阳起身走了。

挖人参有许多讲究，人参变成人形，在你身边不能抓，如果强抓，只能抓到人参头上一把缨子，人参跑得很快。挖参如果看到一棵五百年以上的人参，得趴着挖，人越站着挖，人参钻地下一人高，所以得选择趴着挖。老人说："我当时别提多高兴了，只等找到人参再挖参。"他目送着小孩走进前面一片草丛中消失了，他随着红线绳找到那片草丛一扒拉，一棵千年人参在草丛深处开着艳丽鲜红的果花，已结出圆圆的、亮光光的果粒。他刚想挖那棵千年红参，一阵沙沙声音传来，他扭头一看，一条大碗口粗花斑大蟒蛇向他爬来，距他十几米远。他撒腿就跑，那条大蟒蛇并没追他。他跑出一百多米，心还在咚咚跳。

时隔一天，他壮着胆子走到草丛前，确信那条大蟒蛇不在，他扒拉开草一看，那棵千年红参走了。

说到这儿，他掏出烟袋装上烟，吧嗒、吧嗒了两口，吐出一个烟圈越飞越大，他好像那棵千年红参，他长叹一口气说："人啊，别贪心，该是你的谁都拿不走，不该是你的，你想拿也拿不走。"说完，他下山走了。仇常春怀疑他就是那棵千年红参，在劝他莫贪财。

嘿！别说仇常春在深山坡上还真遇见一棵三百年的老红参，那棵老红参结五十多颗葡萄般大小的鲜绿色花果，他看了一会儿默声说："那位老兄已告诫我莫贪财，是你的也是别人的，是别人的也是你的，但凡三百年以上的老红参都有动物在守护。"他四周看了看，嘿！老人说得真准，在距那棵老红参五六十米远一棵几十米高的美人松的枝杈上蹲着一只大鸟，它像孔雀又不是孔雀，像凤凰又不是凤凰，站立在枝杈上对他发出尖利的叫声。仇常春对它大声说："放心吧，我不会挖它的。"那只大鸟听后扑棱棱向他头上飞过来，在他的头上转了一圈又飞回到那棵几十米高的美人松杈枝上。仇常春学童子拜观音，对它深深一拜就去寻找那几种中草药了。

他来到一块悬崖处，想起一段趣事。他想起那头小棕熊，就在这时，丛林中传来一阵窸窣声，一头两米长棕熊出现在离他十几米远前面。他一惊，可那头棕熊没来伤他，而是一直向他表示出友好憨态。他想起它来，高兴地和棕熊打着招呼："是你吗？小棕熊！"那头棕熊高兴地点着头，神态憨厚可亲。仇常春问它："这一别三年，你长大了吗？"那头棕熊发出哼哼哼的声音在回答他的问话。仇常春说："你长这么大了，没谁敢欺负你了，这我就放心了。"那头棕熊十分高兴，扭动着身子。

三年前，仇常春进山采药，在这处悬崖下发现一头小棕熊，它把一只后腿骨摔裂了，坐在那里不能行走，嘴里发出"哼、哼、哼"的粗叫声。小棕熊有二尺多长，他走上前去把着小棕熊的后腿看了看，从身后柳条筐中取出一味草药，用石头捣烂糊在小棕熊受伤处，用树棒给它做夹板。他给它干粮吃，还有干腊肉，又接山泉水给它喝，他怕他走了之后小棕熊被大型动物吃掉，整整守护它五天，换了五次药。嗨，竟然好了！动物有这种特殊恢复的本能，那几天小棕熊依偎着他睡。五天后，他带的干粮快吃光了。他必须下山，那天晚上，他抱了它一宿后依依不舍地离去。小棕熊跟在他身后送他下山，嘴中发出哭泣声。在它身后，熊妈妈找过来。其实，这几天熊妈妈一直在附近守护仇常春和小熊。

一晃三年，它已长成一头十分健壮的大棕熊。他和它说了一会儿话，指指西斜的太阳，棕熊似乎明白了，在他身后一百米远处送他。

从一个山头翻过，在一个山坳中，他找到四种药材。他挖了四五十棵放进身后用柳条编的柳筐里，就在这时他发现，草丛中跳出一只母狼领着三只狼挡住他的去路。四只狼恶狠狠地向他围上来，把他围在中间，他从背后筐中取出小扁锹。四只狼停住脚步，龇着牙咧着嘴，穷凶极恶，情况危急。恰在这时，他的身后猛扑出来那条大棕熊，四只狼"嗖、嗖、嗖"地全吓跑了。那头千八百斤大棕熊又站立起来，好家伙，像座铁塔。仇常春走到它面前抱抱它，它也用前腿抱着他，难舍难离那感人的情景让人落泪。仇常春和棕熊都流下眼泪，他必须赶快下山，天快黑了。那头棕熊发出闷气的叫声，仇常春松开棕熊，把剩下的腊肉给棕熊吃，它像当年吃腊肉一样兴奋。仇常春拍了拍它，难舍难分地挥泪告别，他走出很远很远，那头棕熊还站在那里目送着他。仇常春通过救护小棕熊，他收获很大，动物和人一样，也会感恩，人们不要去伤害它们，应该让它们在这宽阔的大自然中健康生存、繁殖、延续。

　　下山之后，在靠近他家地几十米远的山脚下栽种四味中草药。三天后，他和金九妹来到栽种的板蓝根、黄芪、五味子、车前子等四种中药前。中草药全缓过来了，小叶伸着，他向金九妹讲了他此次上山的奇遇，听得金九妹大眼睛忽闪忽闪地看着仇常春。讲完，他拿出一支烟，用打火机点着吸了一口说："这是我活了快六十年第一次奇遇，棕熊感恩回报太不可思议了，人与大自然的缘分太大了，要学会感恩，不去伤害动物、植物，让大自然天然平衡地发展，人与自然和谐相处，一代一代传承下去，让我们的自然环境山更绿、水更蓝、绿水青山代代传。"他哈下腰用手抚摸着四味中草药说："九妹，它们全活过来了，今年秋天把我们几家地修整平，种上籽，没问题，这土质适合种植中草药，我们承包负责种，你帮我们往山外销。"金九妹一口应允。

第二年春天，仇常春说服相邻四户人家在山边几块地全种上了中草药，一家种一个品种，秋天已长势喜人，这说明仇常春的预见是有道理的，村子里又多了一项种植中草药业务。三年后，中草药成熟丰收，金九妹的丈夫陶冶的朋友在省中医药局工作，帮助全部推销出去。南方收购中草药大企业又和仇常春几户签订五年合作合同。

那真是：

蛇鸟守护老山参，
老翁传承怎做人。
棕熊灵性救常春，
中药种植报佳音。

金九妹不光领导全村人创业，还关心下一代的成长和培养。

村中王信的儿子王远、商思的儿子商海、卢顺孙子卢山，这三个孩子都已上小学四年，三个孩子十分要好，一块儿上学，一块儿放学玩耍。三个孩子三种性格爱好：王远爱学习，全班总考第一名，还是班长、中队长，他的志向是当一名大记者；商海想上医学院，将来当一名医生；卢山喜欢动手修小汽车以及钟表拆卸，甚至把自己的手机拿来拆卸，不停地鼓捣，他就是不爱学习，上课注意力不集中，总挨老师批评。这孩子有时干脆让商海把书包捎到学校，塞进他的课桌，自己弄本科普书在树林里看。金九妹发现后和他谈心，劝他回学校上学。金九妹知道他的潜力，特意和家长、学校老师反映这一情况，希望大家多关心他、帮助他，发挥他的特长。

小学下午四点多放学，家长在地里干活到晚上七点，这空闲的差不多三个小时属于孩子无人看管的盲区。金九妹征求学校和家长意见后，在村委会腾出一间房子，孩子们放学后留在这里做作业，而且每个孩子每天会得到一小盒饼干、一杯牛奶或豆浆。既解决了孩子放学后无人看管的问题，又培养了孩子的学习兴趣，学生、家长都很满意。

高考时，王远考上了东北师范大学新闻系，商海考上了哈尔滨医科大学，卢山应征入伍当了一名中国人民解放军战士。

单说卢山，当兵第三年维和去了刚果共和国（简称为"刚果布"），他被部队首长安排做扫雷班长。他不负众望，成为一名扫雷英雄，战功赫赫，被提升为排长。扫雷太危险，有明雷、暗雷、响雷、哑雷、藏雷、连环雷、刁雷、邪雷……在一次执行任务时，遇到一枚刁雷，雷被埋在狭小的石缝中，眼睛看不见，反光镜又被障碍遮挡，只能凭一只手伸进石缝中拆雷，敌人特刁，把一枚暗雷先埋进石缝土中，把一枚串雷埋在缝口处，只能容一只手拆。凭经验，卢山先把串雷拆除，用线往外慢慢拉，他距那雷两米远，刚把串雷拉出来，串雷牵动那枚暗雷"咣"的一声爆炸，卢山只觉得一阵剧痛昏了过去。等他从医院病床上苏醒时，他的两只手被炸断了，他以一名人民军人的沉默静静地躺在那里，眼睛看着天花板。

半年后，他痊愈了，部队给他记了二等功，提升为副连长，回到国内他的部队。半年后，他申请转业，谢绝进机关工作，回到家中，他没倒下，而是以一名人民军人、共产党员的奋斗精神谱写一首壮丽史诗。

有诗为证：

有一种精神

有一种精神
——叫奋斗

他没有手

他的手啊

留在了维和

——刚果布

排雷的山头

他离开部队

回到家乡——九妹村

村民们欢迎他

父老乡亲拍着手

旁边跑来二愣子

双手去抓他的手

……

抓到两只空袖口

他走上前去喊爸爸

用肩膀碰碰妈的头

别伤感爸爸

别忧愁，妈妈

我有手——我把它

留在维护世界和平

的高山头

为了世界和平

为了更多的人

留住一双双手

冬天里

雪花飘飘

他用脚趾夹笔练写字

春天里

他用脚趾学打电脑、手机

夏天里

他用脚趾夹杯喝水

秋天里

他用脚趾翻阅熟读春秋

他用脚趾开动洗衣机

他用脚趾去和不可能

而却可能实现了一切

英勇顽强战斗

金九妹心疼他

让他干力所能及的事情

他谢绝地摇了摇头

他创办一家冷冻公司

把玉米煮熟加工冷冻

卖到大山外头

他带领村民科学创业

成立繁殖蘑菇、木耳产业

企业发达人丁旺

科技兴厂、弄潮泛舟

有一种深爱——在心底

涓涓潺潺细流

姑娘呀，杨柳

美丽善良的姑娘

你选择了他

就是选择一种精神

共产党员的奋斗

春天到了

山丹丹花盛开

绿荫花海彩蝶纷飞

鸟儿相互鸣叫

他们恋爱了

小溪里的鱼儿

都吐着气泡

澄清如涟的山泉水

哗啦啦欢流抖擞

夏天到了

太阳当头朗照

绿叶的罅隙

金钱般大小光线

一束束、闪烁灿流

小草缠绵倾语

花儿唇含夜露晃悠

头上彩云翩然起舞

风信子把蜜语挂在窗头

秋天到了

无边的原野

金灿灿一片

微风吹拂

轻浪荡舟

满地丰收硕果

裸露田间地头

姑娘们驾车抢运

小伙子们放歌荡舟

冬天到了

雪花飘舞

漫天洁白

他们结婚了

暖暖的婚房

充满蜜意

他挥毫泼墨

画一幅壮丽山川

赋一首时代风流、力争上游

　　程大伯不是九妹村人，他和老伴程大娘到这儿旅游，一住就是半年，还养了一只小狗"妞妞"，看样子老人深深爱上了九妹村，一时半会儿不打算走。昨天，在北京的儿子请他们帮助带孙子小宝，老两口一商量，抽一段时间帮忙带带孙子。他们的儿子不容易，在一家央企做高管工作，儿子很出色，以六百五十八分考入中国人民大学，大学毕业后又去美国斯坦福大学读的研究生。留学时儿子回家次数很少，成绩一直非常优秀。他和老伴去美国看儿子两次。国内自费去美国留学的孩子很多，学校松进严出，有五分之四毕业考不过去，那些孩子在国内就不好好学习，可想而知到了美国这样的世界名校学习，难受的是孩子自己。没毕业有没毕业的办法，不差钱，花钱在私立学校买个假毕业证回国，美其名曰海归派……他们的儿子归国后被央企录用，五年晋升四级，凭能耐吃饭。

程大伯老两口在省城里有四居室大房，那是一处高档小区，当年省城道里、南岗最好的小区楼价三千四百元一平方米，红旗小区一千三百元一平方米，而程大爷所住的房价四千六百元一平方米，名副其实的富人区，老两口贷款买下此房。后来水涨船高，他住的小区炒到两万元一平方米，别人劝他把房子卖掉，在江北可以买一栋别墅。程大爷摇头，房子是用来住的，有房有家，风吹雨打全不怕。

昨天，老伴"进京赶考"去了，照顾孙子——"一代小皇帝"，也不知道能不能过关，程大伯心疼老伴。程大伯老两口有一儿一女，他们小时候就是程大伯夫妻俩自己带大的。两个人两台自行车，你驮一个，我驮一个，送托儿所、幼儿园、小学，中学不用接送，他们培养出两个名牌大学生。现在可好了，又让妈去，又让丈母娘去，你们可真有孩子啦！要是你们孩子再有了孩子会什么样？动不动小两口子就说熊话，买房靠老人，买车靠老人，哄孩子靠老人，老人……老人……万宝囊。女儿常说："我爸我妈的钱扛花，我们的钱不扛花。"扛花？你当我们像你们，一月一派对，同学聚会、同事聚会、孩子生日聚会都要花钱。啥都讲名牌，车名牌、房子选二环三环、衣服名牌、化妆品名牌、包包名牌、奶粉名牌、孩子衣服鞋子名牌……累不累呀？应该看看自己内心是不是名牌？

程大伯说："我们这一代人上山、下乡，上岗、下岗，像我们老两口恢复高考上大学，这样有几个？有饭吃不挨饿是我们最基本的目标。现在大环境变了，追求目标也随之变了，一日三餐想吃啥有啥，衣服一人一柜子，我们老满意了，没有共产党领导咱们建设社会主义，哪有今天。可女儿回来打开我俩衣柜一顿狂抛，她上街拿钱给我俩买名牌衣服，为了爹妈晚年人模人样。妈了个巴子的，不穿名牌就不人模人样的了？我和女儿、老伴怄了一天气，后来乖女儿又搂脖，又赔不是，把我思想升级了。可也是，一个国内名牌大学教授，确实也应该打扮打扮，女儿又把床垫给换成名牌，枕头都产自泰国。女儿说你俩都这么大岁数了，还能铺盖被子、枕头睡多少年了？也应该享受享受了。女儿回来五天花出四万元钱，让我一阵阵心疼。女儿临走时，我给了六万元现金。

老伴这回可想通了，和女儿一个鼻孔出气，找那么一大堆旧衣服全给了清扫员。老伴甚至变得令我刮目相看，穿鲜艳衣服，化妆打扮，改头型，给眼角皱纹处打什么针儿，嘿！别说眼角两三道皱纹没了，看上去年轻十岁。她按着我的头给我染头发，嘿，老程头变成程小伙。确实，我们这代人吃尽了苦头，没有什么困难能难倒我们，可以说我们这一代人是祖国母亲的骄傲。"

程大伯晨练后回了家，轻手轻脚开门、关门。"喳、喳、喳"走来妞妞小脚丫，妞妞摇头摆尾讨人喜欢，他用手摸摸妞妞小脑袋，开始到厨房忙活，熬粥，炒两菜，蒸馒头，桌子上摆上四盘小咸菜，摘下围裙对屋里大声喊："老大，吃饭喽！老大，吃饭喽！老大，吃饭喽！"一拍脑门想起来啦，她昨天"进京赶考"啦，"难怪妞妞摇头晃脑讨我乐，原来屋里没了老太婆。"程大伯特有文采，年轻时是中国散文诗学会会员，他此时心潮澎湃地脱口而出：

晨练，哈！哈！哈！

天亮啦

起床啦

刷牙啦

漱口啦

扭屁股

伸伸腰

出了家门

晨练啦

轻开门

换鞋啦

小妞妞

摇尾巴

进厨房

唰唰唰

嚓嚓嚓

熟练工种

数年啦

锅盆齐吟

幸福曲

轻歌曼舞

哈！哈！哈！

哈！哈！哈！

领导啦

吃饭啦

连喊三声

无人答

走来妞妞

小脚丫

瞪着大眼

摇尾巴

猛拍脑门

想起啦

老伴千里

进京啦

有道试题

等她答

哈！哈！哈！

哈！哈！哈！

咱家宝宝

吃饭啦

连哄带骗

没人答

气死老神

小冤家

久经沙场

遇新题

难坏啦

眼前小宝

啜个嘴

小模小样

爱死啦

急转方式

换法答

宝宝好

宝宝乖

咱家小宝

懂事啦

姥姥唱

奶奶扭

天旋地转

眼冒花

急死啦

皇阿玛

唉唉唉

愁坏俺

小皇帝啦

这道试题

必须答

狼吞虎咽

吃饭啦

哈！哈！哈！

哈！哈！哈！

偷着乐

奶奶捂嘴

姥姥笑

今天进京

两个老太婆

得高分

心底深处

开鲜花

我俩扭腰

撅屁股

小曲哼

扭上啦

引来好奇

宝宝娃

宝宝唱

大人舞

轻歌曼舞

哈！哈！哈！

哈！哈！哈！

相濡以沫

几十载

风风雨雨

把手拉

闯关斩将

打天下

春天啦

赏花啦

夏天啦

赏雨啦

秋天啦

赏枫叶

冬天啦

赏雪花

夫妻双双

上班啦

顶着斜阳

回家啦

屋灯下

教儿女

月光下

谈笑啦

岁月更迭

同舟渡

哈！哈！哈！

哈！哈！哈！

上网啦

订票啦

起飞啦

万里云天

映彩霞

开开心心

返回家

幼儿教育

从头抓

正树人

根儿正

溺爱儿

把子杀

相信幼儿园

良师教

一代健儿

强国家

哈！哈！哈！

哈！哈！哈！

农历腊月二十三过小年，而后接着大年来到，家家户户开始置办年货。村西头刘美兰领着孩子不时地往窗外院门处看，希望丈夫王臣中能突然出现，家里年货也等他回来置办。

王臣中是村里走出去打工搞建筑的，在一家三级小公司做改排风工作，公司生意还算可以，每月工资虽说拖后几天，可每月都能拿到工资。他今年三十六岁，做排风工作，技术成熟，工种熟练，老板十分欣赏他。今年在外地，老板开了一个两千万工号，为了抢工期，他三个月没回一趟家，把钱月月打在媳妇卡上，媳妇在家种地养鸡。人有旦夕祸福，天有不测风云，半年前儿子得了白血病，花费特大，把家中存款全花光了，家中孵化三百只小鸡，一夜间全死了，这可真是"福无双降，祸不单行"。金九妹十分挂念他们家的困境，一年给予两次困难补助。王臣中很能干，每月都把三千元交到家里，因为孩子生病花费大，月月光，他俩舍不得吃舍不得喝。刘美兰盼望丈夫能早点带钱回来过年。

昨天，金九妹来看她娘俩，从自己家中拿来两只鸡、一只鸭子、十斤肉。又把村委会给她家的一千元补助送来，刘美兰千恩万谢。

腊月二十八，王臣中心情沉重地从外面走了进来，刘美兰和儿子站起来迎接他。媳妇问他："钱拿没拿回来？"他"嗯"了一声径直往屋子里走去，媳妇在他身后走进屋里，他用手摸了摸头顶长叹一声。也许是一路焦虑忧愁，心里憋股气，他病倒了。这腊月二十八，年关对于他们家是鬼门关，媳妇放声大哭。

正好这时，金九妹走进屋来，见状忙走上前问："嫂子，咋的了？"刘美兰一五一十地把事前后说了一遍，金九妹随手掏出两千元现金塞给刘美兰，"你和二哥先拿着这钱置办年货。"接着拿起手机给村养猪场场长打电话："你杀的猪肉都卖了？"对方回话，给村里几家留半拉猪肉半子。金九妹说："你给美兰嫂子送十斤猪肉，钱记我账上，下午给你送钱。"对方回答："我马上送去。"金九妹又给养鸡场场长打电话："大哥，我是九妹，你把冻鸡派人送美兰嫂嫂家四只，账算我的，把你微信号发给我，我给你转账。"

这时，金九妹的丈夫陶冶打来电话："九妹，我到咱村边上，你快来接我一下，我给咱爸妈买的海鲜。"金九妹忙问："有鱼没有？"陶冶笑着说："瞧你说的，过年哪能没有鱼呢！"金九妹忙说："你把车直接开到美兰嫂子院前停下，给我拿一条鱼、一袋虾仁送进美兰嫂嫂家，我已在这儿呢。"陶冶回答："好喽！"一会儿，陶冶左手提着一条鲜鱼、两袋虾仁、一袋开心果，右手还擎着一箱苹果，累得气喘吁吁。金九妹开门迎接丈夫，用右手拉丈夫说："陶冶最懂我想什么，要干什么。美兰嫂子领着孩子和哥好好过年。过了年你家的实际困难，我召开支部会议重点议议。没事，没有过不去的年，有我们吃的就有你们吃的。"说完和陶冶手拉手走出美兰家。金九妹从心里感谢丈夫想得周到。陶冶说："我的九妹大人，跟你这么多年相处，我学会猜谜语,分析你大年前二十八让我把鱼、虾送美兰嫂子家,必有大事,她家肯定遇到难关了。要不,你不会在她家。这种事多次发生,我必须跟上领导步伐,要不就被淘汰了。"金九妹用手掐了陶冶手背一把,陶冶大声叫道:"敢情不是你的手了,我可是你的亲夫啊!"两个人进了陶冶越野车,一直开进爸爸妈妈院中。

村民王臣中一病不起,过了二月二,王臣中能下地走了,但是全身没劲儿,得了哮喘病,一着急就全身哆嗦,一半会儿好不了。金九妹召开村党支部和村委会联合会议,会上传达中央扶贫会议精神,王臣中是村里特困户,按此情况往年会发三千元补助金。这次按照中央扶贫会议精神:"扶贫关键是从根本上扶助贫困户开发智慧,选择好的项目进行扶持。"王臣中之所以得重病,是家中孩子得白血病,媳妇一边照顾孩子,一边养鸡,一心岂可二用?王臣中外出打工被骗,一股火聚到一块儿,病重,心里承受不了巨大压力。怎么办?讨论来,讨论去,大伙儿想出帮助王臣中家办一家村中超市,他家四间砖房,派人帮助修整,他家院中有长木方,帮助钉货架子,他家有电脑,帮助安装监视器两台,通过与电商联系,厂家派人送货上门。经过十天努力,"美兰超市"开业,金九妹亲自剪彩,正式对外营业。村里派妇女主任在这儿协助半个月管理。半个月后,刘美兰自己学会管理,妇女主任告别走了，金九妹常来关照。当年盈利三万元，刘美兰脸上挂满笑容，肤色放光。王臣中的病也见好。金九妹出头讨回王臣中的八千元工资欠款。

经过实践证明，党的扶贫扶智举措能从根本上解决农民贫困户脱贫。金九妹又在考虑另几户的扶贫方式。

金九妹看了在场的五个人高兴地说："今个把大家请来有要事儿商量，这位是赵二叔，土生土长的农民水稻种植专家，家住在五常市拉林镇满族村，水稻种植大户，和明明爷俩用大半个机械化种植五十坰水稻，而且年年高产，亩产超一千三百斤，芳香味醇。今天特意把您请来，帮我们九妹村出谋划策，明明是我们九妹村的姑爷没的说，艳红是明明媳妇。艳红嫁出去不忘娘家，回家和弟弟庆福承包四十坰旱田改水田，咱九妹村水资源丰富，艳红拉现代农民明明来种水稻，明明不但对种水稻有钻研，对生物肥更有研究，一会儿让他们爷俩给我们传授经验。金龙是九妹村我们金家女婿，随我妹妹金春媛落户咱九妹村，他种大田是专家，他开创的咱九妹村大垄'之'字形种植玉米，比一般传统小垄的亩产多三十斤，了不起。剩下的是我们村种地老把式强叔和商二爷。下面请赵二叔先说，您老别受限制，像种水稻那样，咋种咋说。"

赵二叔笑了笑说："金九妹非要我过来说，还特意开车亲自接的我，真是过意不去，那我就说几句。咱家五常市拉林镇满族村靠近拉林河，五常是拉林河、忙牛河五条山泉河流灌溉水稻，水是从山上流下来的泉水，水里含多种微量元素，加上河水光照充足，流淌区域长，特有的油黑土质地加上人工精心伺候，使产出的五常大米在全国知名。说来怪了，全五常一年只产几千万吨，可全国都卖五常大米，真真假假就说不清了！

清朝道光二十一年，我们村开始种水稻。同治八年，慈禧太后点名要我们五常满族村我老伴他们万家种的大米，慈禧曾有'非此米而不进食'之说。"

明明插话说："省城我大姑已做成故事动漫前半部分，后半部分我大姑父正在编写。"

金九妹说："还有这事情，这可是百年品牌宣传，哪天看看，学习学习。"明明说："我把电脑带来了，我放一遍给你看。"说完打开电脑，屏幕上放映传说中的"万福进京送俸大米，被慈禧召见，给他起名叫万福，准他年年进京送贡米"。

看完，金九妹感慨地说："这个品牌故事写得好，过后明明引见你大姑、姑夫来我们九妹村做客，把咱九妹村品牌搞上来，咱九妹村故事可多了。"说完大家都笑了，金九妹看着赵二叔说："您接着往下说。"

赵二叔接着说："种地讲究天时、地利、人和，缺一不可，你们九妹村最占这三项，前年春天，明明两口子非拉我来看看这儿承包地况，我走到他们把野草甸子翻起来的土地，我走上去用脚一踩，脚入土三寸。我高兴地对他俩说：'放心大胆地干吧，连蒿草都长七尺多高，不长庄稼就怪了。'果然当年亩产八百多斤。五常土地、水源我刚才说了，有其独特优势，我这两天挨排走了走、看了看，咱这九妹村地处大锅之地，又是大山尾部、丘陵、平原接壤，种大田好地，种水田也不错。莲花湖水源充沛，泉水水质，只要给土地施肥，增加生物肥营养，我看没问题。你看我们五常稻花香二号在五常本地种出一个味，在牡丹江石板地种又一个味，在附近一两个县种，味就不如五常产的好吃。

我体会种水稻要有数据、标准，明明比我说得清楚。"

明明接着说：

土质（酸）偏中性，达到程度8，吸收率8-10，效果优；

土质（碱）偏中性，达到程度9，吸收率7，效果优；

全年积温：28℃；全年平均积温：当天≥10℃（阳光天），阴天无效；

种植面积大小也有密切关系；

是河水种植以及靠河远近，还是井水种植也有关系；

秸秆倒伏与微量元素有关系；

施肥、放水周期也有关系；

断水时间掌握准否还有关系；

种水稻得细心、周到、把握、实践。

赵二叔接话说："这得一边种一边捉摸，土质、习性、特色，一边种一边研究，会摸索出好的经验。我就说到这儿。"

金九妹感谢赵二叔讲的宝贵经验，转过脸对明明说："你说说生物肥种植水稻情况。"

明明开始说起来。

一九七二年我们使用化肥，开始真是好东西，听我爸爸和爷爷说，一下子高产三分之一，于是开始大量使用化肥、农药，年年丰收丰产。可是这两年发现，大量长期使用化肥农药带来弊端，土地板结，黑土地营养流失，水土流失，出现严重重金属污染，黑土层在一点一点变薄，继续使用，后果严重，人们身体健康受到侵害。喷洒化学农药时，从田间小路走过，药味扑鼻子，呛得人喘不过来气。这两年，县里提倡使用生物有机肥，已见环境好转，特别是埋进土里的生物有机颗粒肥使土地松软，再喷洒生物有机叶面肥，脚一下去，踩进土里二三寸深，生物有机肥能改变土地板结，喷洒科技公司的生物多元素叶面肥中含生物农药，产出粮食安全，减少环境污染。下面我放一下国家生物有机肥检测报告内容。

明明打开电脑，开始播放，屏幕上清楚地出现国家相关权威部门检测生物有机肥合格报告数据。

过去使用传统农家肥，里面有些不同微量元素，但远远不达标，尤其是要杀死蛔虫、大肠杆菌必须达到95%-100%，而且这是硬性指标。国家生物有机肥标准，以后种田可不能含糊了，再不认真坚决不行。咱农民使用时就把住这一关，不达标，肥贩子叫爹都不能用，那是坑人！可是有的为了省钱，仍然使用没经过国家检测的大池子发酵生物有机肥，蛔虫、大肠杆菌又会泛滥，各级政府应出台生物有机肥管制限制方法。

赵二叔插话说："这生物有机肥，我理解不是屎尿往那儿一堆就行的，要用科学手段生产生物有机肥，从源头把关。"

明明接着说："生物有机肥又叫堆肥，不是像我爸刚才说的那样简单。把土、粪便、草放进一个大水泥槽子，清空要放进发酵提温剂，高温达到七十摄氏度才能杀死蛔虫、大肠杆菌、草籽，进行科学化手段处理。"金九妹插话道："明明说得太好了，我们今天在座的人组成一个生物肥研发小组，专家我来聘，在村西北角离村十里远建了一个生物有机肥厂，圈围墙砌完，里面砌十个大水泥槽子，每个槽子可装十吨生物肥原材料，我从北京农科院请一名生物肥专家和大伙儿一起研发生物有机肥，听说还要培植芽孢菌种。"

"党的'十二五''十三五'农业发展规划指出，实现高效农业，发展高效生物有机肥，走智慧大数据现代化农业，这是我们今天乃至将来的必由之路。"她用手指着坐在明明一旁的金龙说："金龙以他的实践经验，翻大垄实行'之'字形播种出来的技术很好，今年全村推广。赵二叔特爱钻研，明明、金龙是现代农民，要抓住机遇，发展现代化智慧农业，将来会大有干头。前几天，明明和我说的话，我很感动。他说村长，我在市里买了高楼，挺舒服，可是脚踩着石板地心里总感觉没底，我脚一踏上我那片土地，心老踏实了，咱农民就要脚踏实地地种好地，心里才对得起领我们搞社会主义建设的中国共产党。没有中国共产党，咱这穷棒子村男人四十都讨不上老婆，谈什么种地！"明明的话让在场的人也很感动。

金九妹激动地说："我们不仅要种地，还要学会怎样科学化种田，巴掌大的土地种上它几棵葱，一寸都不能扔，前不久习近平总书记讲：'要给人民幸福感、获得感、安全感。'让我们农民心中涌现出无比的自豪感！"

经过镇党委会批准，九妹村村委会召开创业奖励表彰大会，时间定在二〇一九年三月四日。这一天大早，几个年轻人分头在村子四周插上彩旗，村委会前升起一面五星红旗，表彰大会在村委会院中举行，墙上挂一条红底白字条幅："九妹村创业奖励表彰大会。"

上午十时，人都到齐了，金九妹向全体村民介绍九妹村创业奖励表彰大会得到镇党委会的大力支持，得到邻近几个村委会的支持。金九妹说："下面我向大家隆重介绍出席我们今天大会的领导、嘉宾、邻村村长：

尚志市市委常委、龙凤镇党委书记齐书记，

尚志市农业银行　钱行长，

大杨树村村长　邱大玉村长，

小杨树村村长　庞智海村长，

沟洼村村长　韩占学村长，

……

（一阵热烈的掌声响起）

今天我们九妹村在这里召开创业奖励表彰大会。今年十月一日是中华人民共和国成立七十周年，咱们九妹村在杨九妹、刘九妹的带领下，坚持党的政策路线，她俩六十年带领村民干了二十四件大事，我们这届在她们的基础上又干了几件大事，不断开拓、与时俱进，多种经营并举，叠式经营走出山村，走上"一带一路"，成果喜人哪！下面我宣布九妹村创业奖励表彰大会开始。

第一名：赵纪明大胆尝试、充分利用九妹村丰富山泉水源、旱田改水田，经过三年的试种，亩产达一千三百斤，他们又组成"水稻种植十五人联社"，购进大型多功能收割机，春耕、秋翻机械化操作，两个人就能平均种收三十垧地，十五个人种收近三百垧地，把中华民族延续使用的传统手工耕作方式大胆地创新，走现代机械化种田之路。

第二名：金龙穴种、大垄科学"之"字形创新大田种植玉米、高粱，科学化试种植方式，庄稼比传统种植方式每亩提高百分之十，眼下已有三十八户加入他们的联社，实行"大农夫"科学种田。

第三名：卢山冷冻加工厂，冷冻的小金黄玉米、黏豆包飞出大山之外，卖到上海、深圳、北京，正在筹办走进我国香港、澳门地区及东南亚。他们又开辟蘑菇、木耳菌试验，去年喜获丰收。这位维和英雄又变成创业模范。

第四名：春风联合社，十八名家庭妇女结束小家小户家庭养黑鸡、养黑鸭、养黑猪，进行科学化养殖，喜获丰收，无公害养殖，供不应求。

第五名：刘权九妹村家具厂，五批精品家具运往国外，他们又从越南引进红木，从俄罗斯引进红松，正在生产精品欧式家具，走"一带一路"创汇之路。

第六名：李金宝组建农家乐，承包莲花湖，独特开创剪纸、创微型旅游产品，"棒打狍子瓢舀鱼，野鸡飞进汤锅里"地方特色纪念品，冬天来咱九妹村游雪乡、冰灯游，已形成九妹村特色文化品牌。

第七名：刘彩云十二家大棚蔬菜联社，已建成的十座现代化调控大棚，蔬菜已上市，飞出大山，备受城里人青睐。

第八名：仇常春中草药基地，十户种植户喜获丰收，与客户签订五年合作合同。

第九名：王玉峰已注册生物秸秆有机肥有限公司，研发成品已经黑龙江省质量监督检测研究院检测，拿到正式检测报告。以后九妹村的庄稼全用自己研发的生物有机肥，产出的粮食蔬菜绿色有机。

第十名：程金魁已注册九妹村老年公寓，以医养老、享老，吸引城里老人来九妹村养老。

今天已进入高效生物农业时代，我们要跟上时代发展，迎接大数据智慧农业的到来。今年春夏秋天咱九妹村将试行局部智能化种田，进行田间管理，数据化反馈，机械化加入人工化抢收，闯一条科学化高效智慧农业之路。

在咱九妹村边远地方还有十几户散户，我们正在做他们搬迁村里的工作，改变他们的居住环境。村里有几户因为突然得了重病，加之天灾，手中积蓄花光，正在经受困难的考验，我们要落实党对农村的扶贫扶智政策，前进路上携手共同奔小康。

下面让我们用热烈的掌声欢迎龙凤镇委齐书记讲话。

齐书记：

十分激动、十分荣幸、十分钦佩、十分赞扬咱九妹村。

新中国成立七十年来，在中国共产党的英明正确领导下，九妹村三届女村党支部书记领导基层党员同广大村民艰苦奋斗，甘苦与共，同心同德，建设九妹村，使九妹村从根本上改变样貌。

咱九妹村原名叫穷棒子村，男人四十娶不起媳妇，一场暴风雨刮倒四栋房屋。从东倒西歪的大土坯房到一面青砖白瓦，再到咱们村三十八户三层小楼房；从牛拉铁轱辘车到高头大马车、四轮子车、大型收割机，再到村里二十六家私家轿车悄然入村；从大泥塘路到沙石路，钢筋水泥路到连接山外高速公路；从半温半饱到解决全村温饱，到多种多样美食上桌，健康饮食；从小农单户单一耕作，到集体抱团闯市场，多种经营，旱田改水田，多余粮食转成过腹养鸡、鸭、猪，再到肉、蛋转化投放市场，搞叠式多项经营，农民收入大增；人均寿命从新中国成立前五十岁到六十岁、七十岁、八十岁，咱村还有三位九十多岁老寿星。"紧密团结在以习近平同志为核心的党中央周围，奋力走出黑龙江全面振兴发展新路子"，走循环绿色经济发展，融入"一带一路"创外汇，九妹村变化两重天地呀！

（掌声热烈）

我们国家十分重视农业发展，为有能力、有发展的农村联社以及个体农户融资贷款，解决制约发展资金难题，我们把市农业银行钱行长一行请来，会后有申请贷款的填申请贷款表。经过审核，村委会签字担保，发放贷款。

（热烈掌声）

九妹村的巨大变化是我们龙凤镇的缩影，是黑龙江省广大农村的缩影，是全国千千万万个农村的缩影，我们农民不但要创业种田，而且要创名牌产品、信誉品牌，产、销科学化，信用规范化，共同致富，小康路上一个不落，打造绿水青山，金山银山。

（一阵热烈的掌声在九妹村的上空久久回荡）

此时，有一首主题歌曲播放：

筑梦路上放声唱

［抒情、豪迈］

（一）

一幢幢新阁楼

一栋栋养殖场

一座座农家乐

一排排太阳能

矗立在山头上

一片片庄稼绿油油

一张张笑脸放红光

社会主义新农村

迈开大步奔小康

扶贫政策苦变甜哪

日子越过越亮堂

人美水美家乡美

山村一天一变样

（二）

一幢幢新阁楼

一栋栋养殖场

一座座农家乐

一台台风力发电机

屹立在山头上

一片片庄稼望不到边

一张张笑脸放金光

社会主义新农村

筑梦路上束新装

扶贫政策苦变甜哪

日子越过越亮堂

人美水美江山美

祖国一天一变样

　　这批家具出口欧洲，定于本月二十八日前必须运抵绥芬河口岸，再由绥芬河出口代办公司发往欧洲。今天是一日，时间比较紧。厂长刘权向金九妹汇报。金九妹对刘权说："你去铁路局办手续。"这时田青原从外面进来，刘权问他："你认不认识铁路局的人？"田青原想了想，两个大眼珠子一转说："有啊，我二舅儿子在多经处当科长。"金九妹没出声。刘权说："你和我去趟铁路局办理发货绥芬河手续。"刘权看了看金九妹，金九妹没说话。

　　中午，金九妹派民兵排长和刘权、田青原去铁路局，办理绥芬河发货的事。在铁路局，刘权一行没找到田青原表哥，田青原一会儿一个电话，而且躲开众人单独联系，一直等到下午三点多钟，田青原找的人从外面走到铁路局办公室门口，停住脚步，用手示意田青原过去办理发货手续。两个人一块走进多经处办公室，那位田青原表哥在里边好长时间，刘权和民兵排长一直在外边等着。一个多小时后，田青原和他表哥从办公室走了出来，手里拿了一大把票子走到刘权他俩面前。田青原表哥说："业务太繁忙，一直办到现在，让你们久等了。"田青原忙介绍："这是我表哥老郝，这是刘权厂长，这是我们村民兵排长。走，今晚天已黑了，咱们吃饭去，吃完饭咱洗个澡，美美地在洗浴中心睡上一觉，明天早点出发回村向村长汇报。"

一行人走出铁路局就近找了个饭店，饭店门脸不大不小，中等饭店，田青原点菜，刘权付钱。没点什么名贵海鲜山珍野味。酒过三巡，田青原表哥开始吹上了，"不是我当你们几个的面说大话，你们找我找对了，铁路局我如履平地。"他觉得说走了嘴，忙拉回话，"我办公室就在里屋。"刘权鬼子溜，觉得哪里不对劲儿，他一个劲儿吹捧田青原和他表哥，四个人喝了三瓶龙滨老白干。田青原和他表哥喝潮了，非要去洗浴中心洗浴，社会流行洗浴唱歌。田青原那位表哥进了洗浴中心就拉不住了，非让服务员开房找小姐按摩，田青原躺在电影大厅睡着了。刘权心中好像有什么事儿，大把花钱，刘权心疼，民兵排长用脚踩他脚，示意往下走着瞧。当夜，田青原表哥闹腾够了，民兵排长发现这位田青原表哥久闯江湖，右胳膊和右腿小腿上有文身。

第二天天刚亮，一结账花了三千六百元，刘权心疼啊！昨晚民兵排长趁那位表哥开房放炮之际打开存衣柜，查看铁路局开的票子，从字面上看不出什么疑点，上面确实写着发往绥芬河家具一车，他用手机拍了照片发给金九妹。

第二天一大早，三个人告别田青原表哥。那位表哥十分热情，千叮咛万嘱咐，明天务必把家具拉来，他好催调度室安排近日发车计划。回到九妹村，三个人如实向金九妹作了详细汇报，金九妹又一五一十地细细叮嘱刘权和民兵排长千万把握住，不要上当受骗，她明天去县里开个会，要不，她一定亲自前往。

　　第二天，一车家具在中午时分运到铁路局田青原表哥指定的旧火车道道线，装进一列破旧的旧火车车厢中，他们看到有人检查验货后把那节火车车厢上了大锁。田青原又拉着他那位表哥进了一家比那天进的饭店阔气得多的大饭店，田青原要了个单间，让他表哥点菜。他表哥自以为办事有功，点了一桌子菜。菜一上来，刘权发现有大酱沾海参、黄鱼、对虾、大螃蟹、烤鸭、白斩鸡等十二道菜，心疼得直皱眉头。那位田青原表哥一边喝一边搂着小姐唱，摸摸搜搜，酩酊大醉。田青原扶着他表哥进了高间，"咣"地把门关上，刘权心疼地让服务员打了包。半夜他和民兵排长、司机三个人本不饿，怕菜坏了，全吃了下去，岂不知第一次吃海鲜，肚子不服，三个人全拉肚子了。第二天下午，他们去道线看那存放在道线上的那节旧火车车厢，却不见了，几个人毛了，赶忙让田青原给他表哥打电话。过了好半天，对方才用手机回话，态度十分不满地嚷道："丢什么丢了！安排车头把那节车厢拉到库房门前道线上，你们不信，自己去看吧。"几个人按他指定的方位找到那节旧车厢，才放了心。民兵排长马上和金九妹汇报。金九妹当时听后判断车厢占道，挪换位置属于正常。她嘱咐民兵排长和刘权，让司机把车开回来，"你俩死盯住那节旧火车车厢。"第三天，那节停在库房门前的旧火车车厢不见了。三个人费很大的事儿，才在一个旮旯处找到那节旧火车车厢。货停在道线七天，挪了五处地方，就是不见发货，更看不见田青原那位表哥。金九妹单独和田青原通了一回电话，表扬他为九妹村做了大贡献，让他催他表哥和调度室活动活动，早点发货。她感觉这件事有些不对劲儿，回到村中在田青原家门前道上有说有笑地走过。傍黑一人走出村子，在出村二里远处上了丈夫陶冶的轿车匆匆忙忙进了省城。在汽车上，她请同学联系哈尔滨铁路公安局刑侦处处长，巧的是那位处长是他同学的姐夫，请他派人盯住那节火车车厢，又直接向哈尔滨市公安局经侦处报案。哈尔滨市公安局经侦大队长判断这是一起诈骗案，连夜和哈尔滨铁路公安局刑侦处通话，保护这节发往绥芬河口岸的家具，要不动声色地盯住那节火车车厢。半夜，铁路公安发现有人连夜把那批家具快速搬运到一节闷罐封闭车里，接着运到上边写着运往广州的长挂车中，显然有人通过铁路局和调度联手调包运往广州。铁路公安派人暗中监视那批家具，市公安局经侦处加派八人协助铁路公安死盯那列开往广州的载有家具的货运列车。

一般正常货运，白天验完货，晚间发货走车，可这次铁路局指示调度室必须买卖双方凌晨四时现场验货，说这批家具涉及国际贸易，来不得半点马虎。其实，这时铁路公安和哈尔滨市公安局经侦大队已布控多经处和调度室，把正要下班的人带到一个严密房间看守起来，换上铁路局优秀共产党员接管多经处值班和夜间调度，铁路公安和经侦大队加派民警和便衣巡逻警察控制住现场和铁路货运出口。凌晨四点整，有四辆大牌名车开进验货现场，四点零八分开锁验货，双方签字交接。就在这时，四外灯火通明，另两节货车车厢中"嗖！嗖！嗖"跳出三十名全副武装的民警厉声喝道："不许动，双手抱头蹲下！"说时迟那时快，"咔嚓嚓"十五个人全部被戴上手铐带走连夜审讯。田青原吓出了尿。

经审讯，田青原属于不完全知情，被拘捕，接受法院审判。他那位表哥根本不是什么表哥，而是用批车皮手段犯罪的惯犯，有前科。

买方是一家骗子公司，与田青原认识的那位表哥已经联手坑骗了四家公司的货和货款，主犯二人和从犯等待开庭审判。金九妹代表村里十分感谢哈尔滨市公安局和哈尔滨铁路公安局联手破案，为村里挽回一大笔损失，为九妹村和中国乡村对外贸易赢得了声誉。铁路局多经处二人、调度二人被撤职查办。

金九妹果断报案的举措和睿智，赢得哈尔滨市公安局、铁路局领导称赞。

一抹朝阳从东方冉冉升起，把金色的光芒投向大地。金九妹一行两台轿车像丘比特神箭穿行在绿荫覆盖的平原丘陵路上。透过敞开的车窗，金九妹放眼两旁一闪而过的绿野，心底无限地感慨。身边驾驶员座位上全神贯注开车的丈夫陶冶脸上放着红光。金九妹眼前浮现出一幕幕往昔情景，自打她走马上任，经历的感人场面历历在目，乡亲们那熟悉的面容一个个活灵活现地浮现在她的眼前。他们从心里拥护她金九妹，支持她、关心她、信任她……她眼前浮现出九妹村日新月异的变化：水库波光粼粼，鲤鱼跃水，莲花绽放；农家乐，九柱、八妹、三姐、六嫂生意红红火火，俄罗斯游客湖中荡舟，住客满员，冬天雪乡、冰灯更招山外客踏雪而来；三胖、三嫂、满年、庆庆……报团养黑猪、黑鸡，个个满脸堆笑；二肥子、三丫丫、铁蛋哥、二祥子……大棚种植新鲜蔬菜，名声远扬；卢山冷冻厂开得红红火火；刘权承包家具厂，严把质量关；明明、金龙生物有机肥已研发成功，科学种田、智能化大数据将开始试用；刘玉芹、彭春风、曲大柱、严大刚，叠式发展多种经营。村民们干起来了，九妹村在杨九妹奶奶、刘九妹母亲和她三个"九妹"的带领下正日新月异地发展着，谁说女子不如男！在中国共产党的正确领导下，在广大党员的带领下，全村人在筑梦中国梦的路上凯歌高奏，谱写出一曲曲山村颂歌……

九妹村莲花湖大坝。

2019年3月，是水库淡水期，水库容量少。九妹村扩建大坝工程二月审批下来，把石头水泥结构主体大坝换成一劳永逸钢筋混凝土结构大坝，专业施工队在紧张作业，赶在"五一"山水到来前完成任务。去年秋后，沿村五十里导流渠金九妹向同学所在的房地产开发公司老板借了六台挖沟机，不分昼夜加班加点赶工期，今春又陆续挖沟，九妹村周围五十里导流水泥长渠完成。上游山洪水下来，直接导入两米宽的导流渠，解决了洪水从山上下泄侵蚀沟现象发生。莲花湖水也因此获得充足水量，直接引水上山，实现灌浇旱改水田增产增收，彻底解决了七十年三代九妹率领全村抗击暴风骤雨河水泛滥突来的袭击问题。

金九妹在筹建农家乐。

2019年4月20日，莲花湖水泥大坝宣告建成。周日上午九妹村举行九妹村莲花湖钢筋水泥大坝建成暨五十里导流渠建成庆祝大会。

金九妹说：

咱九妹村有史以来最大的工程——莲花湖钢筋水泥大坝落成，周围五十里长、两米宽钢筋水泥结构导流渠建成大会开幕。

我和大家一样心潮澎湃，热血沸腾！没有共产党就没有九妹村的幸福美好今天，没有杨九妹、刘九妹和我们九妹村村民三代人的艰苦奋斗、流血牺牲、艰难创业，没有一个优秀的接力式基层党支部团队精神，坚持不懈七十年如一日，大干社会主义精神，就没有九妹村这青山绿水、金山银山。下面请龙凤镇党委齐书记讲话！

齐书记讲道：

九妹村父老乡亲们，你们好！你们在三位女杰杨九妹、刘九妹、金九妹的带领下，落实党在农村的各项政策，破除封建迷信、买卖婚姻，流血流汗，艰苦打拼，排出万难，从半饥半饱中走出来，到解决温饱，向更高生活品质目标努力奋斗；从最初黑色大坯房到建成砖瓦房到今天的别墅楼群；从大泥哈塘路到砂石路到油板路、水泥路；从人拉犁到马拉犁、拖拉机耕作；从老牛车马拉车到私家小骄车；从目不识丁到看报识字，到玩手机当电商老板；从人均五十岁到七十岁、九十岁甚至一百岁。《暴风骤雨》的那个年代从衣不遮体赵光腚，到现在我们穿暖穿好穿出品位；十二年义务教育，我们心中的幸福感、获得感、安全感逐渐提升，抱团闯市场，信誉创品牌，融入一带一路，大步奔小康！

（掌声雷动）

尤其十多年来金九妹带领大家精准扶贫，科技致富，多种经营，叠式发展，九妹村发生了巨大变化，从当初的穷棒子村到现在的九妹村，俨然发展成特色小镇！七十年里致富带头人：三代九妹一个为九妹村奉献一生到病倒累死；另一个又把宝贵的生命献身九妹村；一个履行对养母的承诺，怀着对生她养她的九妹村的情愫，放弃省城优越的工作和家庭环境而献身九妹村，才得以有今天图画般的社会主义新农村！

九妹村的巨变是我国广袤大地上万万千千农村脱贫致富的缩影。响应习近平总书记全面脱贫号召，2020年九妹村要率先做到。年底前我们县十八个贫困村要全脱贫，实现全县脱贫，打胜这场脱贫攻艰硬仗！

下面我代表龙凤县委组织部宣布：金九妹任龙凤镇党委第一书记，九妹村党支部第一书记由维和英雄卢山同志接任。（代理村委会主任）

我宣布第二个好消息：金九妹前年荣获团中央十大杰出青年称号，去年荣获全国妇联巾帼英雄称号。今年金九妹被评选为全国劳动模范"五一"劳动奖章获得者。表彰大会在北京人民大会堂举行，国家领导人接见！

（全场响起雷鸣般掌声）

金九妹：

下面请九妹村文化站站长毕宝主持九妹村集体婚礼！

毕宝：

今天由我主持这场隆重的新婚庆典

绿水青山总是情

金山银山情意浓

幸福满满九妹村

好日子如火炭红

大家欢迎新郎携新娘入场！

第一对：洋妞下嫁九妹村

商海，伊万洛娃

他们的跨国之恋，可以写一首长篇爱情诗

毕宝唱：

亲爱的，你慢慢走，小心前面有人瞅；

亲爱的，你快快走，小心后面有人留！

第二对，双博士回九妹村建生物有机肥研发中心

秦江，付蓉

第三对，东北汉子携手香港大湾区姑娘：

刘青山，沈媛媛

第四对，今晚重头戏：

重放：70 年前柳茹萌坐在送亲马车上，痛哭流涕，秦刚在

山坡小道含泪爬坡追赶送亲车……

70 年前咱穷棒子村两位热恋青年被活活拆散，如今嫁到外村的柳奶奶独身回故乡九妹村，迎接她的是当年爬坡追赶她，如今独身一人的秦爷爷，他们约好一同住进九妹村阳光养老院，共度晚年。应了那句：有情人终成眷属！

毕宝：

岁月如歌，生活如梭，幸福生活来之不易，我们要倍加珍惜！

毕宝：

第二项，夫妻对拜，亲密拥抱，亲吻！请秦爷爷、柳奶奶七十年后牵手！

毕宝：

大秧歌扭起来！

锣鼓喧天春满园（唱）

大地上响起：《在希望的田野上》歌声。

二〇一九年三月

后 记

　　作者笔下的这部中篇小说《九妹村》是黑龙江省尚志地区土地改革后七十多年"山乡巨变"的一个缩影。周立波的代表作《暴风骤雨》真实地描写了这一地区元茂屯（后改名元宝村）土地改革成功，通过土改消灭了封建剥削制度，共产党把土地分配给广大贫苦农民，使农民分得土地当家做主的故事。自打土地改革至今这七十多年里，这一地区广大农民在中国共产党的领导下，落实党在农村不同时期的政策，其中基层党支部发挥了重要作用，他们率领广大农民战天斗地，艰苦创业，上演了一部部乡村巨变的大戏。可以说，在我国乡村巨变史上留下了雄浑苍劲的一笔。

　　怀着对农村的深厚情感，作者几次深入帽儿山、一面坡、元宝镇了解考察，看到这里的巨大变化，尤其是村民在价值观上质的飞跃变化，让其心底油然起敬，他们的幸福感、获得感、安全感逐日上升。他们在"土改文化"的基础上，衍生"乡村振兴文化"，形成典型的"乡村红色革命文化"。他们七十多年来穷则思变，创造性地结束了单一传统种植方式，开展多种经营和叠式发展，抱团闯市场，用信誉创品牌，搭乘"一带一路"快车创外汇。村办企业活力四射，昔日的穷山村俨然已成为社会主义特色小镇。尚志地区的山乡巨变，正是我国广袤大地上千千万万乡村巨变的一个缩影。

按耐不住心底涌起的波澜，作者一气呵成地完成了这部中篇小说《九妹村》的创作。书中人物原型杨九妹，是一位种植黄豆、黑豆的专业大户，她的工厂生产的豆油销往全国各地，其产品受到抖音、快手、西瓜视频等几十个平台关注，网粉过万。她还组织农村合作联社，建绿色产业化基地……这让作者看到了他们的幸福生活和他们对美好生活的无限憧憬。

书中先后出现的杨九妹、刘九妹、金九妹，七十年接力式担任村党支部书记、村民委员会主任，他们不屈不挠率领村民致富，杨九妹因劳累过度病倒了；刘九妹为抗洪献出了宝贵的生命；金九妹履行养母临终嘱托，放弃农业大学研究生毕业获得的好工作和安逸的生活环境，回村接任村党支部书记、代村民委员会主任（后被村民选为村民委员会主任），为九妹村脱贫致富奉献青春芳华。她们平凡的壮举，巾帼不让须眉的事迹催人泪下。

这段宝贵的七十年山乡巨变不应被历史的烟尘湮没，要让今天和后来的人们了解并传颂这段弥足珍贵的乡村创业革命。此书虽为历史演绎，却镌心铭骨。